Ce livre appartient à

Né à Manosque en septembre 1922, Pierre Magnan est, de treize à vingt ans, typographe dans une imprimerie locale, avant d'être engagé dans les chantiers de jeunesse (équivalent d'alors du service militaire). Réfractaire au Service du Travail Obligatoire, il se réfugie dans un maquis de l'Isère. En 1946, il publie son premier roman — qui se déroule dans les Basses-Alpes comme tous ceux qui suivront —, *L'aube insolite*, avec un certain succès d'estime, mais le public n'adhère pas. Trois autres romans suivront avec un égal insuccès.

Pour vivre, il entre alors dans une société de transports frigorifiques où il demeure vingt-sept ans, continuant toutefois à écrire. Licencié pour raisons économiques, il profite de ses loisirs forcés pour écrire un roman policier, *Le sang des Atrides*, une passionnante enquête du commissaire Laviolette qui obtient le prix du Quai des Orfèvres en 1978. C'est, à cinquante-six ans, le départ d'une nouvelle carrière où il obtient le prix RTL-Grand Public pour *La maison assassinée*, roman adapté à l'écran avec Patrick Bruel dans le rôle de Séraphin Monge, unique survivant d'un terrible massacre dans une auberge de Haute-Provence. *Le mystère de Séraphin Monge* retrace le destin du jeune homme mort dans un éboulement de montagne alors qu'il cherchait la paix. Trois histoires à suspense dont le célèbre commissaire fut, aux trois âges de sa vie, l'un des protagonistes ou le témoin privilégié, sont rassemblées dans *Les secrets de Laviolette*, dont est extrait *L'arbre*. Bien que les romans policiers soient une grande part de son œuvre, Pierre Magnan a aussi écrit des romans plus tendres comme *L'amant du poivre d'âne*, ses souvenirs d'enfance, *La naine*, ou *Périple d'un cachalot* qui raconte comment un antiquaire organise le long voyage fluvial d'un énorme cétacé pour l'amour d'une cantatrice. Grand amoureux de sa région, il a dédié un livre à un autre écrivain célèbre de Manosque, *Pour saluer Giono*.

Humour, truculence et poésie caractérisent l'art de l'intrigue de Pierre Magnan qui sait, comme nul autre, évoquer les couleurs et les mystères de sa Provence natale.

Découvrez, lisez ou relisez les livres de Pierre Magnan :

LA MAISON ASSASSINÉE (Folio Policier n° 87)
LE MYSTÈRE DE SÉRAPHIN MONGE (Folio Policier n° 88)
LE SECRET DES ANDRÔNES (Folio Policier n° 107)
LES CHARBONNIERS DE LA MORT (Folio Policier n° 74)
LES COURRIERS DE LA MORT (Folio Policier n° 79)
LE SANG DES ATRIDES (Folio Policier n° 109)
LE TOMBEAU D'HÉLIOS (Folio Policier n° 198)
LE COMMISSAIRE DANS LA TRUFFIÈRE (Folio Policier n° 22)
L'AMANT DU POIVRE D'ÂNE (Folio n° 2317)
POUR SALUER GIONO (Folio n° 2448)
LES SECRETS DE LAVIOLETTE (Folio Policier n° 133)
LA NAINE (Folio n° 2585)
PÉRIPLE D'UN CACHALOT (Folio n° 2722)
LA FOLIE FORCALQUIER (Folio Policier n° 108)
UN GRISON D'ARCADIE (Folio n° 3407)
L'AUBE INSOLITE (Folio n° 3328)
LE PARME CONVIENT À LAVIOLETTE (Folio Policier n° 231)

Retrouvez Pierre Magnan sur son site Internet www.lemda.com.fr

Je n'étais jamais aussi heureux, dit Laviolette, que parmi les champs d'ivraie qui, autrefois, avaient été emblavés. Le dactyle doré est le blé de l'âme. Et lorsqu'on voit, à travers ses épis blonds, se profiler les ruines blanches d'un hameau, on est payé de sa faim et l'on court vers ces vestiges secs pour s'y baigner comme dans les eaux d'une source.

C'était mon grand-père, lequel, comme vous le savez, était dans la gendarmerie, qui me racontait cette histoire quand il me menait promener sur les hauteurs de Manosque où il avait eu sa dernière affectation, longtemps avant ma naissance.

Mon grand-père aimait les villages en ruine qu'il pouvait peupler de tant de fantômes des bruits de la vie : des fantômes tonitruants d'hommes affirmant leur personnalité et leurs convictions, mais aussi des fantômes de fontaines, de treilles et de jardins bien tenus.

Il était chargé comme un bonhomme Noël d'une hotte d'histoires tristes et c'était toujours le grand poème de la mort que du haut de ses soixante-huit ans il déversait sur moi afin que je m'habitue à elle Sans doute jugeait-il qu'il fallait s'y attacher de bonne heure puisque toute une vie y suffirait à peine.

J'ai vécu, me disait-il, au milieu de portraits et de tableaux, parfois de chasse, qui n'ont jamais été peints. Parfois, je me promène dans cette galerie de chefs-d'œuvre comme dans un musée. C'est formidable, la mémoire! Tiens! Sais-tu où je suis en ce moment? À Montfuron! Là-haut, en dix-neuf cent et quelque... Je viens d'entrer chez la mairesse, la veuve Truche, qui m'a crié que la porte était ouverte. Elle était en grand deuil. Le maire, Polycarpe Truche, venait de mourir d'une embolie électorale.

Je t'explique : il y avait si longtemps que la veuve Truche commandait sur ces hauteurs par époux interposé, qu'elle avait fini par croire que c'était elle monsieur le maire. Les dernières élections lui avaient été fatales : elle avait été battue en la personne du Polycarpe et celui-ci en était mort de déplaisir. Enfin... on avait baptisé cette amertume funeste du beau nom de cancer, mais aucun Montfuronais ne s'y était trompé et lors de ses obsèques, même ceux qui avaient voté pour lui étouffaient des ricanements rentrés comme s'ils avaient conscience de représenter la justice immanente.

Après vingt-cinq ans de despotisme édilitaire si l'on continue à vous craindre, il n'y a plus grand monde pour vous aimer. Et sur son passage de veuve, l'Alix Truche, si elle tenait toujours en respect les prunelles de ceux qui la regardaient droit dans les yeux, ne se faisait aucune illusion, en revanche, sur le sourire de joie qui éclairerait leur visage, sitôt que celui-ci serait de nouveau à l'abri sous l'ombre noire des chapeaux.

Cette veuve Truche était énorme par tradition. Il avait fallu quatre mètres de faille pour lui tailler cette tenue de grand deuil. Quand elle se déplaçait, c'était toujours avec la majesté d'un carrosse. Je dis par tradition car, chez nous, les ambitieux qui rêvent d'hôtel de ville n'ont jamais pu conserver des épouses sveltes. C'est devenu proverbial. À quelques rares exceptions près, ce phénomène se confirme au long des générations, sans qu'on ait jamais pu avancer aucune explication rationnelle.

On reconnaît d'ailleurs l'ambition éditaire des fils de famille — c'est souvent congénital — au soin qu'ils prennent d'épouser un échalas. Il faut les voir jeter des regards soupçonneux sur les belles-mères éventuelles. La fille ne trouve grâce à leurs yeux, si flexible soit-elle, que si la mère offre les salières du désespoir et si, comme pour l'Enfer de Dante, il faut laisser toute espérance dès lors qu'on la serre dans ses bras.

Mais, malgré ces précautions fallacieuses, car naïvement ces ambitieux ne regardent jamais les pères, ils se retrouvent un beau jour avec des tonneaux arrimés à leurs bras. Quelquefois c'est à l'occasion des premières grossesses, mais le plus souvent c'est un ou deux ans après le premier mandat municipal, comme si jusque-là les épouses eussent été faméliques et que leur soudaine ascension éditaire leur eût enfin permis d'assouvir leur faim.

Ça ne faisait pas sérieux. De belles carrières départementales, peut-être nationales, en avaient été brisées. On sait bien que le pouvoir engraisse, mais on peut arguer pour soi-même des longues sessions sédentaires auxquelles on est contraint pour débattre profitablement du bonheur des administrés, tandis que lorsque ce sont les épouses qui épaississent, on peut difficilement faire croire qu'elles n'ont pas profité des banquets officiels pour s'empiffrer.

Toutefois, cette veuve Truche, en dépit qu'elle fût grosse, faisait encore rêver. On soupçonnait ses abondances d'être de marbre pur. Lors de certaines noces, des oncles pris de boisson en avaient fait pari. Dans la bousculade du bal après boire, ils avaient sauvagement tenté de lui pincer les fesses en y mettant tout leur cœur. Outre la paire de gifles à désarçonner un cavalier qu'ils avaient essuyée, ils avaient pu se convaincre que les fesses de l'Alix n'offraient aucune prise. Grâce à eux, l'on savait maintenant que monsieur Constantin était un homme heureux.

Ce Constantin était l'adjoint au maire. Il avait ramassé la veste en même temps que le Polycarpe mais lui, il n'en était pas mort. Ils avaient ensemble, avec l'Alix, une habitude assez récente mais pourtant antérieure de quelques mois au décès du maire. Cette liaison ne gênait personne : tout Montfuron était au courant. La seule chose dont on s'était préoccupé c'était de connaître, afin d'être rassuré, s'ils goûtaient quelque plaisir ensemble ; mais on n'avait jamais pu le savoir quelque soin qu'on ait pris à les épier. De sorte qu'une sourde inquiétude planait sur la population qui soupçonnait cet amour de n'être que politique.

Ce Constantin avait contraint ses traits à exprimer toute une bonnasserie anodine propre à endormir la méfiance que nous inspire tout étranger, pourtant sa glabelle proéminente et la moue avançante de ses lèvres, laquelle avait fini par devenir un tic, dissimulaient bien une riche nature secrète, abondante en ressources imaginatives et capable de profonds souterrains.

L'œil qu'il avait sans passion était étonnamment peu expressif et n'était pas de belle couleur, néanmoins languissant et prompt à jouer au chien couchant avec les dames.

Mon grand-père impatienté faisait claquer ses doigts :

— Ah fiston ! Ce que je veux te peindre et n'y parviendrai pas, c'est l'œil du Zorme, du père Guilhon, du marchand de biens Nicolas, du notaire Génin, tous gens que tu n'as pas connus et qui portaient, comme en bandoulière, ce même type d'yeux : des yeux accessoires ! Des yeux qui ne riaient jamais dans le rire, ne souriaient jamais dans le sourire, ne s'assombrissaient jamais devant le spectacle de la douleur. Enfin, des yeux qui étaient comme le sextant d'un navire : indéréglables ! Quels que soient autour d'eux les ondulations de l'âme ou les soubresauts du corps. J'ai fermé chez des mourants de ces sortes d'yeux dont il fallait faire effort pour savoir s'ils étaient vraiment passés de vie à trépas.

Autour de ces *miroirs de l'âme*, comme on dit, était organisé, chez monsieur Constantin, un corps incisif comme une lame de couteau, souple ou raide à volonté selon l'usage qu'il voulait en faire, mais sans doute pour prouver que les variations climatiques ne lui faisaient aucun effet, toujours habillé à son avantage, été comme hiver, de pantalons de nankin et de chemises de lin blanc. Il abritait aussi sa calvitie sous un véritable panama dont il possédait trois exemplaires. C'était, espérait-il, grâce à ces trois pièces de vêtement, lesquelles évoquaient des ailleurs exotiques, qu'il avait séduit l'Alix Truche.

Mon grand-père posait sa grosse main sur la mienne :

— Excuse-moi, fiston ! Mon récit va être fleuri de quelques privautés peu compatibles avec ton jeune âge, mais puisque je suis en train de t'apprendre les choses de la mort, tant vaut-il qu'au passage je te fasse toucher aussi aux douceurs de la vie. Il y en a. En tout cas, dit-il, tu t'en tairas à ta mère, et surtout à ta grand-mère, que Dieu garde !

Nous étions arrivés par la Thomassine, les Tours, les Dragons et Pèlegrin jusqu'à ces hauteurs de Barême d'où l'on voit Lure et le Vaucluse. Assis sous le vent rêveur qui pétillait entre deux pins à l'ombre transparente, nous contemplions les croupes nues de la colline où Montfuron épars entre les plis des combes vit encore sa vie maintenant sans passion.

— Et pourtant..., disait mon grand-père, de la passion, il en a eu sa part ce pays.

Il me désignait du bout de sa canne un point précis du cadastre que soulignait, à flanc de coteau, une haie vive.

— Là-bas, me disait-il, avant d'atteindre la route de Manosque, il y a un chemin charretier, autrefois communal, lequel pendant près de cinq cents mètres traverse une ancienne truffière faite d'arbres énormes. Aujourd'hui, la plupart d'entre eux ont été coupés, mais parmi ceux qu'on a conservés, il y en a un qui est si gros qu'il sert de repère à l'armée. Il se dresse à cent mètres de la Font de Bourne, une source au bord de laquelle on aime s'asseoir et qui coule toujours.

Ce chêne, on ignore son âge. On dit centenaire pour simplifier les choses, mais de combien de siècles, ça on ne sait pas. Son fût s'élève à plus de huit mètres avant que la première branche maîtresse ne fuse de lui pour s'étendre à l'horizontale. On dit centenaire mais pour le façonner tel qu'il est, c'est plutôt trois cents ans qu'il a fallu. Le vent du nord-ouest l'a saisi dans son erre de plein fouet sitôt qu'il a été en âge de lui donner prise et s'il l'a laissé pousser droit, en revanche, il s'est occupé de ses frondaisons pour les étirer démesurément sous son souffle.

D'ordinaire, les rameaux d'un chêne s'étalent harmonieusement avec son tronc pour axe et la nature ne permet pas que les branches maîtresses soient plus longues d'un côté que de l'autre. Mais celui-ci, malencontreusement placé dans l'axe exact du vallon, il offrait au vent du nord-ouest une prise idéale. Il y avait gagné que, d'un côté, ses frondaisons rebroussées étaient atrophiées et que, de l'autre, elles fuyaient sous le courant d'air jusqu'à s'étendre à l'horizontale, pour les plus puissantes, sur une distance de près de dix mètres. Lorsqu'on se trouvait au-dessous de la plus basse, c'était un énorme serpent de bois torsadé et contourné qui vous dominait jusqu'à cette extrémité de ramure qui surplombait le vide d'un ravin.

Pour compenser cette disproportion, l'arbre avait dû s'ancrer dans l'autre sens sur le banc de roche où il était assis, entre les dalles du mille-feuille calcaire qui lui servait de support. Il y avait inséré deux racines qui avaient fait éclater le roc. On pouvait les suivre à l'œil nu, bandées comme d'énormes muscles sous tension qui resurgissaient çà et là à l'air libre dans l'éboulement du talus et qui semblaient palpiter d'une pulsation convulsive sous l'effort immobile qui les sous-tendait.

Sous la lune, la nuit, elles ruisselaient, bardées d'écailles fallacieuses et comme en mouvement, en train de ramper vers quelque proie qu'il importait d'encercler.

Mon grand-père soufflait pour reprendre haleine. J'avais dix ans. J'étais à cette époque de la vie où l'on préfère démonter une horloge pièce à pièce pour voir ce qu'elle a dans le ventre, plutôt que de méditer sur le mystère qu'elle égrène. Il me paraissait bien suffisant de savoir que là-bas, près de la Font de Bourne, il y avait un arbre simplement un peu plus gros que tous les autres. Et, imitant ma grand-mère, laquelle, bien souvent, l'interrompait de la sorte lorsqu'il racontait trop long, j'osai lui dire doucement :

— Bref... Il y avait un arbre.

Il me regarda de travers,

— Qu'est-ce que ça veut dire, ça : « Bref, il y avait un arbre ? » Si je te dis brièvement : « C'était un arbre », tu ne verras qu'un arbre. Mais si je réussis à te faire comprendre à quoi il ressemblait, tu verras un personnage. Tu préfères voir un arbre ou un personnage ?

Je répondis tout honteux :

— Un personnage bien sûr.

Mon grand-père soupira.

— Ça en est un de personnage, cet arbre, fiston. Tu vas voir ! Et d'abord, une certaine nuit... Oh, une nuit qui a dû voir les Trois Glorieuses, ou celle de l'Abolition des privilèges, ou peut-être la Saint-Barthélemy, est-ce qu'on sait ? Enfin une nuit qui se perd dans celle des temps. Une nuit en tout cas qui a compté dans la vie de cet arbre. Il s'est battu contre la foudre du crépuscule du soir jusqu'à celui de l'aube. Elle l'a eu à la fin mais pas trop profondément. Il était déjà trop gros même pour elle, pour l'écarteler en deux comme elle fait d'habitude.

Au matin, quand le premier charretier est passé, il a vu comme des nids de serpents d'écorce se tordre sur le chemin, au gré du vent, avec une odeur, a-t-il dit, de copeaux varlopés, pour qu'on se figure bien l'infernale menuiserie dont ce coin de la forêt avait été le témoin. Il dit que les chevaux s'en étaient cabrés d'inquiétude devant ces volutes insolites et qu'il avait pu à grand-peine les refréner à coups de fouet et de hautes paroles. Tous ceux qui passèrent alors ce jour-là, puis les jours, les mois et les années qui suivirent, rapportèrent que du haut en bas de ses huit mètres de fût, cet arbre avait été lacéré par la foudre comme par les griffes d'un énorme lion et sur tout le pourtour de son tronc. Par ces égratignures, longtemps, très longtemps, il saigna sa sève comme un homme son sang. Plusieurs témoins dirent au cours des âges qu'à un moment ou à un autre on n'avait pas donné cher de sa peau, qu'un été même, il vécut sans frondaisons comme au gros de l'hiver, avec juste au bout des branches quelques ridicules houppes de feuilles grosses comme celles d'un chou, sans doute pour compenser la multitude de celles qui, d'ordinaire, lui permettaient de respirer.

Heureusement, il avait tout son temps devant lui et pendant cette longue période où il fut moribond, un grand nombre d'hommes qui passèrent sous ses branches dépenaillées, naquirent, vécurent et s'en allèrent mourant.

Enfin, un jour, il guérit. Ceux qui s'y intéressaient, plus nombreux qu'on ne croit, rapportèrent qu'au creux des sillons à vif laissés par les griffes de la foudre, l'écorce commença à ramper de bas en haut, en couches grises successives qui se solidifiaient comme de la lave qui se répand. En même temps s'accusaient, parallèles, de gros bourrelets cylindriques qui formaient comme des colonnes pour soutenir le tronc dans sa lutte. Je dis : *en même temps*, fiston, mais en réalité, pour que l'écorce neuve recouvre entièrement toute la hauteur du fût, il y fallut le temps imparti à la vie de trois générations d'hommes et ce fut précisément au bout de ce long chemin qu'on commença à faire la réputation de ce chêne. Jusque-là, il n'en est pas question dans la longue tradition orale que j'ai pu remonter.

Elle commença seulement à partir du moment où l'on retrouve cet arbre de nouveau triomphalement paré de ses frondaisons vertes ou rutilantes à l'automne. Alors, on le décrit déjà tel qu'il est aujourd'hui : énorme, le sol au-dessous de lui nettoyé de toute végétation par son ombre même, offrant à chaque octobre une profusion de glands aux sangliers d'alentour.

Qui, le premier, s'est aperçu des vertus négatives de ce chêne et quand? On rapporte qu'à la fin du XVIIIe siècle, un de Manosque retour avec son frère de la foire de Céreste, après force libations, s'était soudain trouvé devant l'arbre et qu'il avait violemment serré le mors au cheval parce que, dit-il par la suite, il avait vu le chêne flamber avec de courtes flammes bleues.

Il fonça bride abattue jusqu'à Manosque où il se démena pour réveiller les frères de Saint-Laurent. Car à cette époque, fiston, les pompiers n'existaient pas encore, c'était une confrérie, comme il y en avait tant à Manosque, qui se chargeait des incendies. Ces compagnons mirent longtemps à le croire. Un incendie, en général, c'est rare que ça commence par un chêne surtout, avait dit l'homme, qu'il brûlait sans fumée. D'autant que cet homme puait l'eau-de-vie dès qu'il ouvrait la bouche et que son frère, lequel pourtant n'en valait guère mieux, jurait, lui, qu'il n'avait vu qu'un arbre tout à fait paisible qui se contentait de murmurer au vent de la nuit.

Néanmoins, à la fin, ils avaient attelé. Les quatre percherons du fourgon avaient monté la pompe en bois jusqu'au lieu dit la Font de Bourne, guidés par le frère qui n'avait rien vu, car l'autre, assommé par le grand air et la vision de l'arbre en feu, était inutilisable. On avait dû le laisser cuver ses libations à la remise de l'hôtel Sauvecane, sur un tas de sacs de Messageries. Ce fut pourtant lui, par la suite — car les pompiers ne se vantèrent jamais de l'aventure — qui rapporta ce que son frère lui avait raconté.

— Moi, lui avait-il dit, je leur ai dit : «Voilà ! c'est ici ! C'est ce gros arbre que soi-disant mon frère a vu couvert de flammes. Mais vous pouvez constater comme moi qu'il est tout noir ! Qu'on ne distingue même pas une feuille de l'autre ! » Seulement, c'est à croire qu'ils avaient bu autant que toi les frères de Saint-Laurent parce qu'ils se sont mis à faire la chaîne pour arroser l'arbre avec leurs seaux, à dresser les échelles contre le tronc, enfin à donner tous les signes du branle-bas contre l'incendie. Et pourtant, je te le jure, il n'y avait pas une lueur de flamme sur tout l'horizon ! On y voyait comme dans un four ! Je me demande ce qui leur a pris...

Les légendes se créent par accumulation de coïncidences, mais il faut bien un commencement à leur histoire. On dit que ce fut ce malheureux jeune homme qui commença la série. Quand, à quelle époque exacte est-il mort, deux mois à peine après que son frère et les confrères de Saint-Laurent eurent vu cet incendie fallacieux ? Sauf l'époque — avant ou après la Révolution ? — on sait tout cependant sur ce décès : il mourut en cueillant un panier de poires, à Sassenage, dans l'Isère, chez un bourgeois de Grenoble où il était en condition. Un barreau de l'échelle où il était juché se brisa sous son poids. Il mit des jours à mourir. Il poussait des cris lamentables. On sait même son nom : il s'appelait Lambert.

On est obligé de faire partir de cette date précise l'activité de l'arbre car, soit que la nuit des temps en eût effacé le souvenir, soit que les anciens eussent eu plus de vergogne envers les prodiges, on ne sait rien de lui auparavant sauf qu'il fut foudroyé.

En revanche depuis, les témoignages abondent. On cite en exemple, car il frappa très fort les imaginations, le cas de cette mariée, morte le jour de ses noces d'un *sang-bouillant* comme on dit ici, c'est-à-dire d'un coup au cœur, alors que la réputation de l'arbre était déjà bien établie.

Elle était morte à vingt ans sur le boghei de gala qui l'emportait en voyage de noces. Elle était née à Villemus, à deux collines de Montfuron, deux villages qui partageaient leurs secrets. Or, par malheur, le fiancé, lui, n'était pas d'ici. Personne encore ne lui avait parlé du chêne. C'était un sujet qu'on n'abordait qu'entre soi, de crainte de faire rire le monde.

Le hongre ariégeois étrillé de neuf, les sabots passés au cirage noir, trottait avec majesté. Ils étaient arrivés devant le chêne à petite allure — comme il convient à des gens qui s'embrassent souvent, chemin faisant. Ils allaient prendre la grand-route vers Céreste et Apt. Et soudain :

— Oh ! regarde chérie ! avait crié le *novi*. Regarde ! l'arbre brûle !

Pour lui, ce n'était qu'un cri d'angoisse en face d'un incendie possible puisqu'il ne savait pas, mais pour elle c'était un arrêt de mort, car à ses propres yeux le chêne ne faisait que verdoyer sous la brise du soir. Il ne lui montrait que la douceur des choses tranquilles et sans malice.

Car c'était là, fiston, que se nichait le prodige : l'arbre ne brûlait jamais qu'aux yeux des témoins, jamais pour celui qui allait mourir.

Il ne brûla d'ailleurs que durant quelques minutes, le temps que la mariée s'emplît les yeux encore une fois, sous les basses branches de l'arbre, du fond d'éteules couleur d'or qui haussait là-bas le village de Reillanne sur le ciel.

Le cœur de cette jeunesse palpitait mal depuis l'enfance. L'angoisse, à l'annonce que l'arbre brûlait pour elle, lui avait serré la poitrine dans son étau. Elle s'était affalée dans sa robe blanche, ensevelie sous cette lessive de linge propre. On l'avait enterrée telle quelle, dans sa robe fragile, avec son diadème de roses. Pauvre fille !

Un gendarme d'alors, qui eut vent de l'affaire, s'occupa de ce phénomène avec vigilance et incrédulité. L'incrédulité, fiston, est la qualité majeure d'un gendarme, c'est elle qui fait de lui l'égal d'un scientifique.

J'ai retrouvé dans un placard de la caserne, à Manosque, un cahier d'écolier plein de ses attendus. Il réussit à établir que la mariée était connue pour avoir le cœur faible, qu'elle n'était pas superbe mais riche et lestée d'une belle dot, que, depuis longtemps, en dépit de ses dénégations, le fiancé connaissait le pouvoir maléfique de cet arbre ; les témoins qui l'avaient mis au courant, le gendarme les avait retrouvés ; que, d'autre part, pour rejoindre la route d'Apt depuis la salle du banquet, s'engager sur le chemin qui passait sous le chêne ne paraissait pas l'itinéraire le meilleur puisqu'il allongeait d'un kilomètre ; enfin il avait découvert que ledit fiancé entretenait une liaison houleuse et onéreuse avec la dame de Bourgane (un château), laquelle avait les mains trouées et le caprice prompt.

Ce gendarme avait fait suivre ce faisceau de présomptions par la voie hiérarchique jusqu'au juge d'instruction. Celui-ci avait haussé immensément les épaules, disant : « En tout état de cause, une superstition ne saurait être tenue pour l'arme d'un crime. »

Cette formule avait fait jurisprudence en ce qui concerne cet arbre. Ce qui est irrationnel ne peut être accepté pour preuve. Et le fait qu'en cent ans une trentaine de témoins, peut-être plus, l'eussent vu de leurs yeux, pour ainsi dire brûler vif, n'entama pas l'ostracisme des incrédules. Ce ne fut pas faute cependant de la réputation qu'on lui fit. Beaucoup d'intéressés parlèrent entre l'oracle et son accomplissement. Certains accablèrent leurs proches de sarcasmes pour ne pas les avoir crus :

— Tu vois, Constance, je te l'avais dit de tenir les pieds chauds à l'oncle Fortuné ! Dis que c'est pas vrai ? Il n'y a pas six semaines que je t'ai avertie : « Hier au soir, je t'ai dit, en revenant de Reillanne où j'allais faire ferrer le Bijou, j'ai vu l'arbre de Bourne qui brûlait et sais-tu avec qui j'étais dans la carriole ? Avec l'oncle Fortuné justement ! Il m'avait demandé de l'amener pour faire un dépôt à la Caisse d'épargne. » Oui ! Oh, tu peux hausser les épaules ! Je te l'ai pas dit ? Si je te l'ai dit ! Et j'ai même ajouté : « C'est ton parrain après tout ! Et depuis le temps qu'il te demande d'être un peu gentille avec lui. » Oui ! Oh, c'est pas la peine de me dire si je savais quel genre de gentillesse parce que figure-toi que je le sais ! Mais ce que je savais aussi, grâce à l'oracle, c'est que ça durerait pas longtemps et que après tout, un coup ça fait pas pute ! Oui, oh ! tu peux ricaner ! En attendant ça fait encore un héritage qui nous passe sous le nez ! Par ta faute ! Et si c'était le premier encore !

Oui, fiston, disait mon grand-père, ce genre de conversation, ça existe aussi entre mari et femme. Ça aussi il faut que tu le saches. Étant gendarme d'ailleurs, j'en ai entendu bien d'autres. Fais-moi penser de t'en parler.

En tout cas, en ce qui concerne l'arbre, tu imagines maintenant aisément les inestimables services qu'il pouvait rendre car s'il n'est jamais nécessaire de savoir l'heure de son trépas, en revanche, il est parfois utile de connaître celle de son prochain.

Or, tu n'as pas oublié que, de père en fils, ce chêne

appartient aux Truche. Il est sur leur bien de toute éternité. Et ils sont comme tous les propriétaires : ils n'admettent pas de partager ce qui est à eux. Ils sont comme ces possesseurs de noyers, lesquels finissent par étendre leurs branches au-dessus de la route, de sorte que lorsque le vent secoue les branches les noix sont pour les malheureux. Le chemin communal passait au pied du chêne, on ne pouvait donc pas y interdire la circulation.

Les Truche déplorèrent en vain ce passe-droit jusqu'au jour où ce diable de Brédannes passa par là. C'était un herboriste qui rendait de grands services aux uns et aux autres. À certains même il avait sauvé la vie. Il vendait son orviétan au hasard des foires, juché sur un corbillard peint en bleu avec des liserés d'or. Il aimait les femmes et les facéties. Je l'ai connu, étant enfant, âgé de quatre-vingts ans et ne dételant pas. Certain jour qu'il avait arrêté son attelage funèbre sous le chêne de Bourne, il vit poindre un Truche qui venait faire glaner le troupeau sous l'arbre. Il lui dit :

— Ça serait étrange quand même que ce chêne ne brûlât pas à votre seule convenance ! Il est chez vous. Il a un pouvoir inquiétant et tout le monde peut en profiter ! Vous croyez que c'est juste ?

— Eh oui, mais comment faire ? Vous voyez bien que le chemin communal passe au pied !

Le Brédannes avait hoché longtemps sa longue tête de mulet.

— Vous devriez, lui avait-il dit, vous mettre bien avec le maire. Ce chemin, ce chemin, il est malcommode. Là-bas, au vallon des Couquières, il passe sur un pont qui a peut-être deux mille ans ! C'est les

Romains qui l'ont bâti. Il ira pas loin : deux coups de pioche et tout tombe !

— Oh mais ! ils le reconstruiront !

— Pas si c'est vous le maire ! Pas si vous offrez généreusement du terrain dont vous ne manquez pas pour faire une déviation bien plus commode. Alors là, attention ! Ne barguignez pas. Passez sur le profit, offrez ce que vous avez de meilleur ! Parce que vous avez des gens qui voteront contre leurs propres intérêts rien que pour vous emmerder, s'ils sentent la moindre lésine ! »

Sur ce, le Brédannes escalada son corbillard bleu ciel et ils ne se rencontrèrent jamais plus. Seulement le levain de ces paroles avait remué la pâte molle de ce Truche. Certaine nuit de grand vent, ils allèrent, lui et ses fils, donner aux assises de ce pont quelques coups de pioche que nul n'entendit. Un pont où les plantes et les arbustes disjoignent les pierres depuis deux mille ans ça ne demande qu'à se laisser ébranler. Oh, il ne s'écroula pas. Il menaça ruine, c'est tout. À la surface caladée une fissure apparut qui rendait inégales les deux moitiés du tablier et chaque fois que la charrette passait dessus, on tressautait et l'on se disait : « Voï ! ça c'est la crevasse du pont ! Tout beau jour il s'ouvre en deux et tu verras : ce sera juste au moment où nous autres nous passerons ! »

Le vieux Dentelle, maire de Montfuron de père en fils depuis la nuit du 4 Août, le vieux Dentelle n'en dormait plus. Il faisait le siège du conseil général, lequel lui opposait l'endémique manque d'argent.

— Mon pauvre ! Il y a des endroits plus nécessiteux que le vôtre ! À titre d'exemple il existe dix passages entre Argenton et Auran où l'on ne s'engage qu'en se signant ! Vous n'en êtes pas là, vous, à Montfuron. Pour rejoindre Manosque vous n'avez que de passer par le Moulin de la Dame !

— Ça allonge de deux kilomètres !

Mais le vieux Dentelle prêchait dans le désert. Le Truche d'alors était passé voir quelques maires et quelques conseillers de l'arrondissement.

— Je lui ai proposé moi, au Dentelle ! Je lui ai proposé de faire échange de l'actuel chemin contre la même surface de mes emblavures de la Signore ! Là-bas, il n'y a pas besoin de pont ! Vous faites l'économie d'un pont ! Et ça raccourcit d'un kilomètre le trajet pour aller à Manosque. De sorte que tout le monde y trouve son avantage. Sauf moi... Mais moi, du moment que l'intérêt public est en jeu.

S'il avait dit : *du moment que ça peut rendre service,* le Dentelle n'y aurait peut-être pas vu malice. Mais cet *intérêt public en jeu* sentait terriblement la brigue. Il fit refuser la proposition à une faible majorité. Certains innocents en effet se demandaient pourquoi on déclinait cette offre avantageuse. Ils le comprirent quatre mois plus tard. Il y eut des élections municipales. Le Truche présenta sa liste avec le programme de la déviation. Il passa à trente voix de majorité sur deux cent quarante votants. Un triomphe.

Le conseil général accorda sans discussion, pour raccorder la nouvelle route à l'ancienne, la même somme à peu près qu'il avait refusée pour refaire le pont. Il n'y avait à cela aucune autre raison que l'inadvertance comme il advient souvent.

Et maintenant fiston, si tu crois que les Truche avaient confisqué l'arbre pour en monnayer les bienfaits d'une manière ou d'une autre, tu te trompes ! Ils n'étaient quand même pas si simples. En vérité, pour te le faire entendre, cet arbre ils en avaient honte. Il était sur leur famille comme un surnom infamant qu'à force de vivre celle-ci eût récolté. Ils voulaient qu'on l'oublie comme on aurait oublié par exemple, et pour la même raison d'infamie, une fille qui aurait fauté et qui aurait ramené à la maison le fruit de sa faute. Cet arbre il n'en fallait plus parler. Or tant que des étrangers attirés par l'oracle viendraient tourner autour, il demeurerait inoubliable.

D'abord, ils se contentèrent de chasser les importuns à grands coups de gueule, puis ils firent siffler leur fouet au-dessus d'eux. On commença à se dire qu'il faisait chaud autour du chêne des Truche. Certains alors voulurent monnayer l'oracle. Ils se firent répondre non par un seul signe de la tête, sans explication ni commentaire. Les Truche connaissaient sans l'avoir appris la vertu d'une réponse laconique, lisse comme un galet et qui ne laisse aucune aspérité où raccrocher quelque argument.

Il se présenta un maquignon de Céreste, jovial et tonitruant, qui frappait sur le ventre du Truche d'alors, sous prétexte d'école communale qu'ils auraient fréquentée ensemble. Il brandissait à tout bout de champ, comme s'il eût voulu acheter un veau, un vaste portefeuille attaché au gilet par une chaîne et où les billets de mille étaient dépliés pour réduire l'épaisseur de la liasse.

On branla du chef de droite à gauche pendant tout le temps qu'il exposa son cas. Il avait fait pari avec un collègue d'Apt, lui tenant que l'arbre brûlait et le collègue que c'était de la blague. Il demandait, moyennant finances, qu'on lui permît de veiller au pied aussi longtemps qu'il faudrait.

Comme il s'éternisait tenant toute la place et assurant tout seul la conversation, le Truche d'alors s'était levé posément, sans cesser de répondre non avec sa tête balancée de droite à gauche. Il avait fait signe au maquignon de le suivre; l'autre avait obéi, interloqué. Il l'avait accompagné jusqu'à la porte qu'il lui avait ouverte toute grande et là, lui avait tendu la main toujours sans un mot.

Toutefois, cette manière souveraine de dire non sans parler n'avait pas découragé le tonitruant Cérestan. Une nuit, un raffut du diable réveilla toute la maison chez les Truche. C'était une jardinière lancée à fond de train qui traversait l'aire devant la ferme et s'engageait dans ce qui avait été le fameux chemin communal. Le maquignon en tenait les rênes, faisant claquer en homme libre son fouet au-dessus du cheval. Une traînée de rire frais se dispersait à la suite de cette cavalcade.

Mais la poudre quand elle parle éteint les rires. Il n'y eut au fond des bois cette nuit-là qu'un seul coup de feu. Il passa juste au-dessus des oreilles du maquignon et fit, de l'arbre oracle, tomber une brassée de feuilles.

Le boghei tourna bride et vint au-devant du Truche qui avait tiré et dont l'arme fumait encore.

— C'est de la blague ton arbre ! Tu vois bien qu'il ne flambe pas !

Il brûlait au contraire et d'étrange façon : perdant sous ses feuilles des gouttes de flamme en forme de larmes couleur de sang qui s'évanouissaient lentement avant d'atteindre le sol. Ces lueurs illuminaient sinistrement la face du Truche qui avait tiré, sinon comment, dans cette nuit profonde, aurait-il pu viser ? Il y avait, sur le banc de la jardinière, à côté du conducteur, une ombre voilée que le Truche ne reconnut pas pour un homme.

On sut plus tard que l'enjeu de la chose était beaucoup plus qu'un pari. Le boghei avait laissé dans son sillage un parfum muscat qui trahissait sa particulière. Peut-être six semaines après sa rencontre avec l'arbre, le maquignon mourut d'apoplexie. Il arborait depuis longtemps une nuque en bourrelets, violacée comme une aubergine.

La dame de Bourgane fit refaire le toit de son château.

Le monde oublia ces péripéties et ne se souvint que du coup de feu. Les Truche n'ajoutèrent rien pour le souligner, ni pancarte menaçante ni interdiction d'aucune sorte : à bon entendeur salut. On se le tint pour dit. Mais c'était dans leur fruit qu'était le ver. Une nuit de Noël, retour de la messe, les deux aînés du Truche d'alors voulurent en avoir le cœur net, savoir combien de temps il leur faudrait ronger leur frein, avant d'atteindre à l'héritage. Ils avaient tous bien bu, le père aussi, qu'ils attachèrent sur un chevalet pour le porter sous l'arbre. Là, il ne tarda pas à pousser des cris terribles, suppliant qu'on aille le délivrer, disant qu'il était aveuglé par les flammes, qu'elles le léchaient comme s'il était déjà en enfer. Les fils dégrisés s'empressèrent de le détacher en lui criant pour le rassurer :

— Crains rien, pa ! c'est ta cuite ! L'arbre ne brûle pas ! On te le garantit ! Tu en as au moins pour trente ans !

Mais quand ils l'eurent libéré et qu'il fut debout, il avait encore le bras en visière devant les yeux.

— Qu'est-ce que vous racontez? Il n'a jamais tant brûlé de sa vie! Foutons le camp!

Ils abandonnèrent le chevalet au pied du tronc. Ils revinrent à la ferme en s'engueulant. Le père était au comble de l'indignation.

— Ah, vous avez voulu savoir quand vous hériteriez, mes enfants de pute! Eh bien vous l'avez la réponse: jamais!

— Coumo jamais?

— Non jamais! Vous n'avez pas compris, non? L'arbre brûlait!

— Non il ne brûlait pas! On est témoins tous les deux: on l'a pas vu brûler!

Car comment auraient-ils pu comprendre? L'un avait vingt et un ans, l'autre dix-neuf. Est-ce qu'on pense à la mort à cet âge-là? Ils étaient grands et forts. Ils étaient pleins de projets. Ils aspiraient à l'héritage. Jamais ils ne réfléchirent à ces flammes qu'ils n'avaient pas vues. Et d'ailleurs ils n'en eurent pas le temps. La conscription vint. L'un tira le mauvais numéro. On l'envoya au Tonkin ou au Dahomey, je ne sais plus. Même son corps n'en revint jamais. L'autre, un jour qu'il tuait le cochon, le cochon se vengea. Tout affairé qu'il était à affûter un couteau sur le fusil à aiguiser, le fusil glissa contre l'établi et retourna sa pointe vers le ventre de l'étourdi. Il n'y eut pas de sang. Seulement un trou entre deux muscles dans le gras du ventre. Le Truche ne jugea pas utile d'en faire état. Trois jours plus tard, il était sur son lit de mort bandé comme un arc par le tétanos. Le père, en pleurant, dut lui casser les articulations sur son genou pour qu'on puisse le mettre en boîte. Il ne resta de vivant qu'un cadet qui n'espérait rien. Il demeura le seul héritier d'un domaine envié non seulement pour sa prospérité, mais aussi à cause du sortilège de l'arbre qui lui conférait une sorte de noblesse.

Quand Alix Peyre épousa le petit-fils de ce Truche, ce fut la légende de l'arbre qui détermina son choix. Elle y vit un privilège qui rehausserait son prestige de fille de la Crau. Elle-même n'était pas sans rien et il fallut quatre hommes solides pour descendre du haquet le coffre de mariage qui contenait son trousseau.

Alix, à l'époque, c'était comme je te l'ai dit, une de ces filles flexibles auxquelles il ne faut pas se fier pour la suite à venir. Elle accusait quarante-sept kilos à la bascule du moulin à vent le jour où par jeu, alors qu'ils étaient seulement fiancés, le dernier des Truche coiffa deux sacs de blé qui s'y trouvaient déjà avec cette tare charmante. Quarante-sept kilos ! Bateau ! En mettant les choses au pire, ça ferait soixante kilos à cinquante ans. Le mariage se fit sans arrière-pensée de part et d'autre, dans la certitude que chacun respecterait les termes non exprimés du contrat.

— Mène-moi sous le chêne, dit Alix en montant sur le marchepied du boghei.

Ils avaient fui la noce et partaient en voyage. Déjà, ils haletaient de désir. Mais c'est dans ce halètement que les volontés s'affrontent et s'affirment. Celui qui ne cède pas est le maître pour toute la vie.

— Tu es folle ! dit Polycarpe. Souviens-toi de celle de Villemus ! Je t'ai raconté son histoire ?

— Oui. Mais moi je ne risque rien. J'ai le cœur solide !

— Mon pauvre père m'a fait jurer à son lit de mort de ne jamais retourner sous cet arbre !

— Alors c'est bien simple, Polycarpe : ou tu me mènes où je veux ou je fais chambre à part ! Choisis !

Il la mena sous l'arbre, dans la nuit, où ils firent l'amour pendant que le cheval attendait patiemment. Alix était au comble du bonheur. Elle avait rêvé de cet arbre comme d'autres rêvent de château ou de cassette à bijoux. Elle épousait un personnage démesuré, un mythe, une légende et, bien que ces richesses fussent impalpables, elles dépassaient de beaucoup en magnificence toutes celles que ses amies d'enfance pourraient un jour s'offrir.

Bien que la fortune des Peyre fût mieux assise que celle des Truche, elle exigea de se marier sous le régime de la communauté universelle. En agissant ainsi, l'arbre devenait sa propriété. Elle l'épousait aussi. À son père qui la mettait en garde en lui expliquant les anomalies aberrantes de ce système, elle répondit :

— Est-ce que vous avez, vous, dans vos terres, un arbre qui annonce la mort ? Croyez-vous que tout ce qu'on peut mettre dans la balance de l'autre côté compense ce prodige ?

Effectivement, lorsqu'on a dans son héritage un oracle, il est vain de se convaincre qu'on fait partie du commun des mortels. Alix était fière de son chêne et parfois, par amour, elle allait la nuit tourner autour de son tronc en lui triturant doucement l'écorce.

La première fois que le Polycarpe toucha la place

froide dans le lit conjugal, il crut que l'Alix avait un amant, mais non, c'était seulement un arbre. Il la suivit, de loin, car l'approche du chêne ne lui disait jamais rien qui vaille. C'était bien assez qu'il lui eût permis de consommer sa nuit de noces sans prendre parti.

Mais hélas, c'est capricieux un sortilège. Ça n'obéit pas à la logique ou alors ce n'est pas à la nôtre. En tout cas, celui-là, il fut longtemps tel un volcan : éteint ! Longtemps il ne rendit plus l'oracle.

Alix était frustrée. C'était tout juste si elle n'accusait pas son mari de tromperie sur la marchandise. Elle avait beau promener sous les ombrages du chêne ses belles amies à ombrelles dans l'espoir qu'une fois au moins il s'illuminerait, ce fut en vain. Elle en eut le cœur net le jour où elle y amena sa sœur de lait, une poitrinaire déjà transparente comme feuille morte et dont le souffle sifflait à peine comme un gazouillis d'oiseau. Elle mourut, d'ailleurs, six mois plus tard, mais jamais, malgré plusieurs confrontations, l'arbre impassible ne manifesta aucune lueur dans ses frondaisons vertes.

On raconte que ce fut à cette occasion que l'Alix se prit à grossir.

Le Polycarpe ne lui en dit d'abord rien, se contentant de ruminer sa stupéfaction. Il n'y avait pas dix ans, quand il l'avait assise sur le quintal de blé, elle pesait seulement quarante-sept kilos. On en était loin alors ! Or ce Truche était un homme dont la complexion érotique ne s'accommodait pas des grosses. Il commença de s'abstenir. L'Alix, cependant, avait pris la nonchalante habitude d'un orgasme un jour sur deux. Son amour-propre résista quelques semaines. À la fin, une nuit, elle lui dit :

— Tu l'as perdue ?

Il y eut de l'autre côté du lit un silence qui dura deux minutes. Le Polycarpe se demandait s'il devait répondre ou faire semblant de dormir. Il en est de ces explications entre conjoints comme des guerres qui ne sont pas déclarées : avant, c'est encore la douceur de la vie, après c'est l'enfer. Mais le démon de la sincérité tapi dans l'homme fait que celui-ci brûle de rendre les situations intenables. Il aurait pu se taire, le Polycarpe. Non ! Il parla.

— Tu as grossi, répondit-il.

Il fallut encore deux minutes de silence pour que cette parole irrémédiable atteignît l'autre moitié du lit. L'Alix était médusée par l'accusation, nue et crue devant la brutalité de l'attaque et comme dévoilée de telle sorte qu'il ne lui restât plus qu'à se couvrir le quant-à-soi à l'aide de ses seules mains. Deux minutes pour recouvrer son souffle, c'est peu dans ces conditions.

— Tu m'as trompée ! dit-elle. C'est pour ça que j'ai pris un peu de poids !

— Coumo ! Je t'ai trompée ! Qu'est-ce que tu me chantes ?

— Oui ! Tu m'as trompée ! Tu m'as promis un arbre qui annonçait la mort ; il y a dix ans qu'on est mariés et jamais ! J'ai pourtant promené autour des gens qui n'avaient plus que le souffle et jamais il ne s'est mis en frais ! Jamais il n'a été autre chose qu'un arbre ordinaire !

— Tu es folle ! Comme si j'étais capable, moi, de lui dicter sa volonté à cet arbre ! D'abord j'en ai peur.

Et tant mieux si depuis dix ans il s'est tenu tranquille ! Il nous a fait assez de mal !

— Alors tant pis ! N'en parlons plus et laisse-moi grossir en paix !

— Il est peut-être trop vieux..., dit Polycarpe plein d'espoir.

— Si on m'avait dit ça..., soupira Alix. Jamais j'aurais cru qu'un sortilège ça puisse mourir...

— En somme, tu m'as dit oui à cause de mon arbre ?

— Eh bien oui ! dit-elle. À te dire la vérité, avant qu'on me parle de ton arbre, je comptais m'ennuyer ferme ici ! Tu crois que c'est un terrain pour moi, Montfuron ? Avant toi, j'avais été demandée par un marchand d'amandes du Bourg-Saint-Andéol qui traitait trois mille quintaux par an !

— À l'heure qu'il est, ça lui en aurait fait un de plus, marmonna le Polycarpe entre oreiller et couverture.

— Qu'est-ce que tu dis ?
— Oh rien, je soupire !
— Ça va ! dit Alix. Je me le tiens pour dit !

Comme toutes les pauvres femmes, en ce geste millénaire de défense dérisoire qu'elles font toutes quand l'homme les abandonne, elle se poussa, malgré ses rondeurs, le plus loin possible au bord du matelas, laissant entre elle et lui le vide du désespoir.

Et dès lors elle se mit à grossir sans vergogne. Elle engraissa comme un défi, comme un remords. Elle installa son énormité à côté du maire comme un péché qu'il eût commis. Les maires d'alentour en faisaient des gorges chaudes.

— Tu as vu le Polycarpe ? Il s'est assez vanté d'avoir

épousé un échalas ! Il s'en faisait même un symbole de l'honnêteté de sa gestion ! Regarde-le maintenant son échalas ! Tu dirais un demi-muid ! Et elle n'a que trente-cinq ans !

Ce fut sur ces entrefaites que monsieur Constantin fut attiré dans l'orbite de Montfuron. Il était arrivé, comme tout le monde, par les Granons, aux rênes d'un élégant attelage où il se trouvait seul avec une place vide sur la banquette de cuir. Son intention première avait été de descendre jusqu'à Manosque où il comptait se terrer dans la vieille ville car il n'était pas tout à fait certain, en dépit qu'il en connût, que ses mortels ennemis fussent tous heureusement morts. Mais quand il atteignit le col de Villemus et qu'il vit Montfuron bien isolé dans les terres et dégagé à l'infini, il comprit que deux cavaliers se verraient ici à perte de vue et qu'il serait bien mieux protégé en rase campagne que par le dédale des ruelles de Manosque aux lumières torves. Montfuron, lui parut-il, était ce qui convenait à un homme tel que lui afin de connaître enfin un bienheureux incognito.

Il venait de faire fortune dans la fibre de chamérops mais après de telles péripéties africaines qu'il en avait encore le poil tout mouillé et qu'il était pris d'un urgent besoin d'effacer ses traces et de passer pour mort.

Montfuron et ses landes lui parurent à souhait pour une nouvelle existence. Il engagea doucement l'équipage sur les ornières du chemin. Il les jugea souples aux roues du tilbury.

Il avait des cartes de visite, ce qui imposa silence

tout de suite, et des francs de Germinal par sacs de cinq kilos dans le tiroir du tilbury.

Il vit tout de suite une maison aux volets bleu charrette où l'herbe croissait dès la marche du seuil. Il avait besoin de n'être pas ostentatoire. Cette maison candide : une porte, un volet de chaque côté, trois volets à l'étage, lui parut le comble de l'anonymat. Il s'y fondit. Il laissa pousser sa moustache plus prématurément blanche que ses cheveux et il eut l'air alors, mais sans excès, d'un vieillard précoce quoique très décent.

Dès lors, le tilbury resta les bras levés et le cheval se mit à engraisser à l'écurie. Monsieur Constantin, pendant trois ans, ne s'offrit plus qu'une seule promenade : il allait sur les aires du moulin inspecter l'horizon à l'aide de jumelles de marine. Quand il voyait poudroyer la route sous les pas de cavaliers sans attelage, que ce fût du côté de Manosque ou de celui des Granons, il se roidissait d'inquiétude et il restait là, quelquefois deux heures de temps, jusqu'à ce que les cavaliers eussent dépassé les chemins d'accès qui menaient à Montfuron. Une seule fois il fut en alerte quand il vit deux hommes prendre avec décision le raccourci ténébreux qui serpente depuis Montjustin. Il ne fit qu'un saut jusque chez lui pour armer ses deux carabines et les poser bien à plat sur la table de la cuisine. Après quoi il ouvrit la porte toute grande et laissa retomber devant le seuil le rideau de jute qui protégeait des mouches.

Rien ne présente chez nous de plus grand danger pour nos ennemis, fiston, que ces rideaux de jute énigmatiques qui battent doucement au vent par temps de canicule. Ce sont des écrans transparents pour celui qui est à l'affût dans l'ombre où il est retranché. Mais pour celui qui se présente au grand jour, sur le terre-plein d'une aire en plein soleil, ce sont des toiles épaisses qui ne signalent ni la présence ni l'absence.

En trente ans de gendarmerie, j'en ai ramassé peut-être sept ou huit de ces visiteurs qui s'avançaient l'arme au poing devant l'un de ces rideaux opaques, tués par erreur ou de propos délibéré, mais toujours criblés de chevrotines.

Heureusement pour monsieur Constantin, ce jour-là ce fut une fausse alerte. C'était un député et son secrétaire qui venaient faire campagne à la mairie pour glaner quelques voix.

Trois ans : pendant trois ans, dans le champ de ses jumelles de marine, monsieur Constantin découvrit fortuitement, quand il balayait du regard tout l'horizon du pays, les formes de plus en plus généreuses de l'Alix Truche qui vaquait à ses occupations aux abords de la ferme : l'Alix éparpillant le grain des poules ; l'Alix perchée sur la pointe des pieds et abattant comme un homme la cognée contre quelque bûche posée sur un billot.

En dépit de son inquiétude, cette image cent fois enregistrée ne laissait pas que d'imprégner l'imagination de monsieur Constantin pour plus tard, telle une impression qui vous atteint mais que l'on relègue afin de n'être pas distrait de l'essentiel, c'est-à-dire des chemins du monde d'où la mort peut venir.

Trois ans... En trois ans (si tant est que le dernier traquenard monté contre eux par Constantin les eût laissés en vie), le vent d'Afrique peut tuer prématurément deux frères habitués à boire et à jouer leur chemise à toute espèce de jeu, avec des gens plus habiles qu'eux dans l'art de tricher.

Quand même trois ans... De belles fois monsieur Constantin ébaucha le geste de décrocher ses jumelles et ne l'acheva pas. Ou alors parfois, par des dimanches après-midi de solitude torride, il les décrochait tout de même, mais c'était pour vérifier si l'Alix ne déambulait pas autour de son bien. Avec délices il la contemplait engraisser.

C'était en effet un homme dont la complexion érotique ne s'accommodait que des grosses. Bientôt, il ne se soucia plus de ses ennemis fantômes, son obsession tourna au plus court et devint rêve de chair ferme. Il se mit à circuler dans Montfuron et alentour en jetant, de-çà de-là, de grands coups de chapeau.

Les Montfuronais qui jusque-là l'avaient tenu en suspicion, commencèrent à l'enrober dans leur cercle, afin, plus tard, de l'assimiler.

Il avait fallu tout ce temps à Montfuron pour que la population, le voyant débonnaire et à la bonne franquette, cessât de cultiver l'image d'abord alarmante qu'elle avait dessinée dans son imagination collective. « Ce sera quelque colonial », se dirent-ils. Il les avait aidés, par ses vêtements tropicaux, à trouver enfin à quoi il ressemblait.

Un homme une fois classé dans la méfiance de ses semblables peut enfin montrer partout, en toute quiétude, les différentes facettes de son personnage.

Monsieur Constantin put s'autoriser à rendre quelques services. Et notamment, à voiturer jusqu'à Manosque dans son tilbury quelque villageoise ayant oublié de faire quelque achat à la dernière foire. Il la ramenait au bercail le soir, au pas tranquille du hongre qui trottait sans fatigue sur la dure montée. Il la laissait obligeamment devant sa maison ou sa ferme, attendant pour repartir qu'elle fût à l'abri des portes claquées.

— Et alors mon cher ! Tu peux me croire : d'une correction ! Tu te rends compte ! Il est même venu me donner la main au marchepied ! C'est pas toi, bougre de chameau, qui me donnerait la main au marchepied !

L'homme ainsi apostrophé convenait par son silence qu'effectivement il n'aurait jamais pensé à ça.

On vit monsieur Constantin soulever le rideau de perles au café vert de la Chaberte, lequel sentait le melon et la truffe. Il dit là finalement qu'il s'appelait Florian. Il s'était aperçu que Constantin faisait trop long. Ils l'appelaient tous « monsieur » pour abréger et ça ne facilitait pas l'abolition des distances. Avec Florian, bateau ! On pouvait parler de bonne franquette.

Tous ces petits soins qu'il mit à leur complaire firent que tous ces gens ombrageux comme des mulets l'acceptèrent dans leur routine, simplement déférents envers son aisance et le mystère de son passé. Bref : on lui dit bonjour le premier, on l'appela Florian en jouant aux cartes mais on ne lui serra pas la main. Quand il vous la tendait, on préférait soulever son chapeau, par respect. Par chance à Montfuron, à l'époque, tout le monde avait un chapeau. Mais, surtout, personne ne lui parla de l'arbre.

L'arbre, monsieur Constantin dut le découvrir tout seul, à ses risques et périls.

Pour t'expliquer comment et pourquoi il le découvrit, fiston, il faut remonter un peu plus loin dans la vie de ce monsieur Constantin. Un jour, dans quelque État à justice sommaire, il avait été emprisonné pour avoir fourni de l'huile frelatée à tout un hospice où l'on avait déploré cinq morts à cette occasion. Il lui avait fallu attendre trois mois pour que les fonds qu'il avait fait débloquer en France parvinssent à destination afin qu'on le relâchât et qu'on classât l'affaire.

Trois mois c'est long. Pour le rendre persuasif à l'égard de ses banquiers dans les lettres qu'on lui permettait d'écrire, on aiguisait bruyamment, devant la case où il était détenu, les deux sabres des exécutions capitales, lesquels servirent plusieurs fois, durant ce laps de temps, à la décollation de quelque menu fretin.

Il avait à sa disposition, en tant que détenu précieux, des latrines et un livre accroché au plafond où il avait toute latitude d'arracher des pages en guise de papier hygiénique. C'étaient les œuvres d'Horace, un poète latin. Échappées à quelque naufrage, elles oscillaient au bout d'une ficelle tel un pendule tentateur. Il se prit un jour, par inadvertance, à lire ce qu'il y avait d'écrit sur ce papier providentiel. C'était un homme qui n'avait jamais ouvert un seul livre de toute sa vie. À peine eut-il atteint le terme d'une de ces longues périodes dont Horace a le secret, qu'il renonça à s'essuyer avec ce papier sacré. Il traversa le reste de la péripétie ce livre sous le bras, prêt à mourir pour lui si on tentait de le lui arracher. On ne lui demanda qu'un supplément de rançon.

Et ce fut à cette occasion qu'il décida de clore sa carrière par un coup de fortune qui la résumait toute et où il laissa derrière lui cette traînée de vengeance qui le fit trembler pendant trois ans et jusqu'à Montfuron.

Montfuron, dès l'abord, lui parla d'Horace et quand il se détourna de sa route pour venir y vivre, c'était pour avoir deviné parmi les replis des collines ces creux verdoyants où se niche une miraculeuse paix.

Il est vrai que Montfuron a toujours été un village qui commence au ras des prairies. Il n'est pas construit, il est posé. Qu'on le prenne par n'importe quel bout de ses ruelles montantes, il est impossible de ne pas voir d'abord le ciel devant soi, et le vent qui se plaint d'arbre en arbre a toujours eu trente-deux noms contradictoires selon l'opinion des uns ou des autres.

Le reste, à l'époque dont je te parle, était fait de clos jaloux derrière des haies de pittospores où l'on cachait ses bonheurs ou ses misères. À hauteur d'homme il était impossible de savoir ce qui se tramait dans ces quadrilatères où vivaient le jardinier et son jardin.

Or, tel soir où monsieur Constantin rentrait un peu tard de Manosque, en arrivant sur les aires du moulin à vent, le hongre soudain se planta droit sur ses quatre pattes, pointa les oreilles et refusa d'avancer. Constantin allait lui envelopper les naseaux d'un sifflement du fouet lorsqu'il perçut un ample bruit qui secouait l'air.

C'était une déchirure grave comme le grommellement sourd d'un orage à sa naissance puis cela s'harmonisait en une cascade de trilles suaves qui éventrait l'atmosphère dans les profondeurs du couchant, soulignant les splendides volutes que les nuages nonchalants semaient dans le ciel en bouquets pastel.

Constantin resta longtemps le fouet levé, le hongre resta longtemps les oreilles pointées, l'un et l'autre écoutant ce grand brame d'amour qui se vautrait sur les courbes des collines et se piégeait en trémulant sous les feuillages des arbres.

Cette lamentation vespérale dura jusqu'à ce que les premières étoiles fussent visibles au-dessus de Lure. Tout Montfuron était autour des soupes, tout au plaisir de savourer le bien-être de n'avoir rien à débattre avec la nuit qui commençait. Constantin connaissait trop bien la vie pour se risquer à déranger quiconque aux seules fins de demander simplement :

— Qui sonne du cor à cette heure tardive ?

Il brûlait pourtant de le savoir. Il vit de la lumière du côté de la Chaberte. C'était un de ces soirs d'octobre où il est encore loisible de laisser la porte ouverte sous le rideau de perles, bien qu'on se dise soudain :

— Hou ! Le serein tombe ! Tu es pas folle, toi, de laisser ta porte ouverte ?

Et alors on se précipite pour rabattre ce contrevent auquel on n'a plus touché depuis le dernier mois de mai. Constantin arriva juste à temps pour se glisser dans l'ouverture derrière la Chaberte qui pensait ne plus avoir de client pour la soirée.

— Il vous faut du tabac ? dit-elle revêche.

— Non non ! J'ai soif. Je voulais simplement boire un coup.

— J'allais fermer.

Une cabaretière qui refuse de gagner un sou de plus c'est dur à manipuler. Constantin y mit tout le charme dont il savait disposer. Il parla du soir qui était si beau.

Elle finit par lui laisser forcer le passage qu'elle interdisait de son étique carcasse.

Il fallait que Constantin fût bien dévoré de curiosité pour insister car ni les mots tendres sur le crépuscule radieux ni le geste large pour ôter son panama devant elle n'avaient déridé la Chaberte. Toute maigre et toute osseuse, le dessous des yeux ravagé de cernes par un chagrin viscéral quoique sans cause précise, cette pauvre Chaberte savait bien qu'aucun homme seul avec elle ne lui parlerait d'amour. Non qu'elle fût laide : elle était décourageante. Et cette vérité qu'aucun client ne lui avait laissé oublier était encore plus désolante quand il s'agissait d'un aussi bel homme que ce Florian, venu tard au pays, enveloppé de tout le mystère de l'Afrique. Aussi, pour échapper à la tentation de lui sauter au cou malgré lui, se tenait-elle au haut bout du comptoir, à essuyer quelque verre inutilement.

Sirotant son mandarin grenadine à l'eau de Seltz (c'était ce qu'il avait trouvé de plus cher à lui commander), Constantin réfléchissait. Il ne croyait pas politique de lui poser la question à brûle-pourpoint et surtout, telle qu'il se l'était formulée.

— Je suis étonné, dit-il, de la douceur qui règne encore en ce soir de fin octobre. Ça me fait penser aux forêts de l'Ile-de-France, quand les chasses à courre rentrent au bercail.

— Chasse à courre ! ricana la Chaberte.

— Vous savez ce que c'est ?

— Pardi ! Il y en avait dans le temps ici, qu'est-ce que vous croyez ? Il y a dans les parages encore assez de comtes et de marquis sans le sou pour qu'ils aient eu envie d'organiser ce genre d'assassinat ! Chasse à courre !

Elle haussa les épaules.

— Il y a bien quarante ans qu'on n'a plus vu un cerf sous les défens du Luberon !

— C'est curieux..., murmura Constantin.

Puis il se tut. Il regardait son verre pensivement. Parfois il le portait à ses lèvres. Il ne disait plus rien. La Chaberte n'y tint plus.

— Qu'est-ce qu'il y a de tant curieux ?

— Tout à l'heure, il m'a semblé entendre sonner du cor.

— Ah c'est ça ! Oh mais il vous a pas semblé ! Moi aussi j'ai entendu !

Elle ne put s'empêcher de se tirer du bout sombre du comptoir où elle cachait sa maigreur. Elle revint vers la lumière de la suspension où elle eut le front de regarder Florian droit dans les yeux.

— C'est le père Tasse ! dit-elle.

Et elle se toqua vigoureusement et longtemps la tempe avec l'index.

— Qui est-ce le père Tasse ?

— Un vieux ! Qu'est-ce que vous voulez que je vous dise ? Ça lui prend des fois le soir, au moment où vous vous y attendez le moins. Il vous fait prendre de ces sangs bouillants ! Un cor ! Je vous demande un peu !

Elle n'arrêtait pas de se marteler la tempe à grands coups de son index squelettique.

— Il est où ce père Tasse ?

— Là-bas, après Perpère, à gauche, sur le chemin qui conduit chez les Truche. Il est à moitié fou ! Si vous voyiez le bastidon qu'il s'est bâti ! Mais vous ne le verrez pas, c'est un clos ! Et pour y être admis, Moustier ! Ce Tasse, c'est un misogyne !

— Oh mais, dit Florian, ça, vous pouvez compter sur moi ! J'irai ! Je le verrai !

Le suave brame du cor enchanta son sommeil cette nuit-là dans le souvenir. Il lui semblait qu'avec cette musique, Montfuron était devenu le sommet du bien-vivre et il lui tardait de connaître ce musicien qui jouait du cor pour l'amour de Dieu.

Il se leva, prêt à l'action. Il avait eu le temps, depuis son arrivée, de se renseigner sur ces clos, particularité du lieu-dit, derrière lesquels se cachaient jalousement les propriétaires. Il savait qu'à hauteur d'homme il n'avait aucune chance d'en connaître l'intérieur. Et d'après ce que lui avait dit la Chaberte, le propriétaire n'était pas commode ! « C'est un misogyne », avait-elle averti. Elle avait probablement voulu dire « misanthrope ».

Bien qu'attelable, le hongre était aussi de monte. Florian le sella. Il s'abstenait depuis longtemps de monter. À cheval, avec son panama et ses pantalons à sous-pieds, il était identifiable à trois kilomètres et la cible d'un cavalier est plus facile à viser que celle d'un piéton. Mais maintenant il avait oublié ses frayeurs. Rien ne lui coûtait pour connaître ce sonneur vespéral.

Il se mit en route au soleil de midi. Chacun vit passer sur la place ce cavalier reconnaissable qui maniait son cheval avec la morgue d'un aristocrate.

Il avait un peu oublié aussi, en sus de ses frayeurs, cette Alix à l'embonpoint prometteur, qu'il avait entr'aperçue à la jumelle et qui l'avait si fort ému. Ils se rencontrèrent pour la première fois ce jour précisément qui devait, par ailleurs, tant marquer dans la vie de Constantin.

Elle allait jusqu'à la poste faire un versement. Elle ne pensait à rien. Elle avait maintenant cet air désenchanté de femme à qui nul ne rend plus hommage. Elle leva son regard humble vers ce cavalier de grande allure qui aussitôt souleva son panama et le laissa soulevé. Il était charmé par tant de chair lumineuse et par ces yeux d'eau claire, immenses dans cette grosse figure. Il fut tout de suite tenté de lui en faire compliment, mais une préoccupation parallèle aussi entêtante que la surprise qu'il venait d'éprouver lui brouillait l'esprit, aussi se contenta-t-il de demander :

— Excusez-moi, madame, sauriez-vous par hasard la demeure de monsieur Tasse ?

Elle virevolta sur ses talons, tout son corps volumineux pivota gracieusement en un seul élan et elle tendit son bras musclé vers le tournant du chemin.

— C'est là-bas ! dit-elle. En face de la chapelle d'Ardantes. Vous verrez la flèche de la gloriette. Vous ne pouvez pas vous tromper !

Sa main, légèrement animée d'un mouvement qui imitait la marche, se tendait horizontale, l'index pointé. Il vit qu'elle avait le doigt fin, en dépit de son embonpoint, et ce doigt décidé, dardé vers le clos du père Tasse, Constantin se jura de le porter un jour à ses lèvres. Quant à elle lorsqu'elle reprit son chemin, elle résista pendant cinquante pas au désir de se retourner. Quand elle le fit, elle savait qu'il avait déjà disparu sous les arbres qui servaient d'allée à la chapelle.

En vérité, le cheval longeait déjà la limite du bien

qu'Alix avait désigné à Constantin. C'était un clos ceint de pittospores taillés au cordeau et maintenus fermement prisonniers de la forme dont on les avait affublés. Le hongre dominait cette haie d'une forte tête. Il encensait, déjà curieux de tout nouveau spectacle, et il s'arrêta de lui-même devant le tableau qu'il découvrait. Constantin qui ne lui avait pas donné d'ordre, fut comme obligé lui aussi de plonger son regard au-delà de la haie.

Il vit alors le plus beau spectacle du monde : c'était un vieillard dans un fauteuil dépaillé qui s'offrait avec volupté au soleil d'octobre. Autour de lui, tous les attributs dont Horace prétendait qu'ils suffisaient au bonheur étaient généreusement étalés. Le clos était vallonné de quelques bosses d'herbe verte, complantées par un ou deux arbres fruitiers de chaque espèce commune et notamment par deux pommiers de pommes rouges dont quatre béquilles soutenaient les branches chargées ; quelques massifs de grasses fleurs constellaient de rouge et de jaune les bosses herbues et entre ces rotondités opulentes, né d'une source silencieuse au pied d'un coudrier, un ruisseau scintillant, large de deux travers de main, agrémentait les cent mètres du clos, pour se perdre soudain, près de la haie, par le minuscule orifice d'un gouffre au fond duquel pourtant on ne l'entendait pas cascader.

Les quelques planches d'un jardin potager descendaient en escalier vers la berge de ce ruisseau et sur elles, au soleil, scintillaient les cloches de verre d'une melonnière pour célibataire où achevaient de mûrir quatre ou cinq melons obèses de l'espèce dite *brodée* et qui embaumaient l'air.

« *Voici ce que j'avais toujours demandé aux dieux* », se récita à voix basse monsieur Constantin en souvenir de ses lectures dans l'ergastule exotique.

Au fond de ce jardin pour philosophe, le vieillard au soleil siégeait sur la terrasse sous le berceau de fer d'une treille et l'on devinait derrière lui l'une de ces merveilles d'architecture individuelle que les naturels appellent avec modestie un bastidon parce qu'il ne comporte généralement qu'une seule pièce. Ce bastidon, volet et porte verts, était coiffé d'un toit à quatre pentes et le flanquait à distance convenable ce symbole de l'aristocratie onirique : une gloriette.

C'était une logette cylindrique à peine plus épaisse qu'un pilier d'église, éclairée par deux petites fenêtres géminées et serties de vitraux. Couverte de tuiles vernissées arrondies et multicolores, sommée d'un coq girouette, une flèche élancée couronnait l'édifice et, quoique ne dépassant pas les quatre mètres de haut, y faisait néanmoins cathédrale. Lorsque l'orgueilleux père Tasse qui l'avait érigée de ses propres mains ainsi que le bastidon, contemplait ce chef-d'œuvre, il y voyait Chartres.

Comme il y a des coups de foudre pour un être il y en a aussi pour un paysage choisi. Le mode de vie de ce vieillard tel qu'il lui était littéralement asséné comme une torgnole et par son aspect physique et par l'univers qu'il avait créé autour de lui fut pour monsieur Constantin une vérité révélée.

« *Voici ce que j'avais toujours demandé aux dieux de m'accorder* », se répétait-il à l'infini. Cette vision avait effacé celle de la femme opulente rencontrée peu auparavant et qui l'avait pourtant si fort marqué.

Le hongre alezan dont la tête reposait au sommet

de la haie bien taillée devait avoir éprouvé le même émerveillement car il hennit à trois reprises vers le vieillard, comme un appel, comme une question.

Le père Tasse leva les yeux vers cette tête de cheval et il vit le cavalier glabre, de belle apparence, qui le saluait aussitôt. Ce salut était le chef-d'œuvre de Florian Constantin. Il se trouvait avoir dans les mains quelques tours de panama, jamais les mêmes, qu'il servait à ses semblables en un chatoiement de miroir aux alouettes. Les gens ainsi éblouis ne voyaient plus que les arabesques du chapeau et ils oubliaient de regarder la glabelle du propriétaire, proéminente comme celle d'un homme préhistorique.

La déférence est une arme terrible. Il est difficile de résister à quelqu'un qui vous marque son respect en dosant savamment la flagornerie. Devant ces signaux d'allégeance, le vieillard interloqué sentit fondre la hargne spontanée qui l'avait roidi dès l'abord. Il n'avait qu'une casquette mais il la souleva lui aussi avec beaucoup de bonne volonté.

— Vous avez là une propriété magnifique ! lui lança le cavalier.

La vue de la gloriette et ce qu'elle supposait l'avaient averti qu'il ne fallait ici minimiser en rien ce simple clos et ce petit jardin. Le vieillard fit la moue.

— Vous trouvez ?
— Elle ferait mon bonheur ! dit Constantin.

Sans cesser de garder le chapeau haut levé, il poussait doucement le hongre du côté du portail, vert lui aussi, désireux de se montrer tout entier, lui et son cheval, pour un examen critique que l'attitude du vieillard circonspect semblait réclamer.

Et en effet, lorsque le père Tasse eut toisé deux ou trois fois de pied en cap ce cavalier à la riante figure et qu'il eut évalué le prix de la sellerie, il se mit debout et s'avança dans l'allée.

— Entrez donc! dit-il. Attachez votre destrier à l'anneau du pilier et venez donc vous rafraîchir! Je ne vous ai jamais rencontré? Il y a longtemps que vous êtes dans ces parages?

— Quelques semaines, mentit Constantin. Je m'appelle Florian Constantin.

— Hé hé! Ça vient de loin ça! Moi je m'appelle Bienaimé Tasse.

— Hé hé! Ça vient du cœur ça!

Tasse ouvrit tout grand un battant du portail. Constantin avait mis pied à terre et il paraissait ainsi plus long qu'à cheval. Ils se trouvèrent face à face, la main de l'un, le père Tasse, mollement chiffonnée en une timide avance et celle de l'autre, Constantin, largement déployée au contraire et toute séduisante de mâle sincérité.

Le seuil du clos était franchi pour l'étranger. C'était un exploit dont nul Montfuronais ne pouvait se flatter. Le père Tasse était jaloux de ses limites comme un Touareg du désert. Il était vrai que nul encore ne l'avait pris par la vanité. Les Montfuronais s'esclaffaient devant sa gloriette et ses melons sous cloche. C'était la première fois de sa vie que quelqu'un considérait son clos comme une œuvre d'art. Il avait tout tiré lui-même, y compris la clôture de pittospores, d'un terrain ingrat payé trois mille francs.

— À cause de la source! lui avait souligné le propriétaire, sans doute pour s'excuser de le lui vendre aussi cher.

Il était arrivé ici attelé entre les brancards d'un charreton qui contenait, empilées à la diable, toutes les épaves d'un naufrage terrestre ; encore jeune homme cependant mais la figure et l'âme déjà tout de travers par quelque coup du sort qu'il avait reçu en quelque endroit du monde. Le fait qu'il gardât toujours un œil mi-fermé ne renseignait pas sur sa naïveté ou sa malice et l'on ne savait pas non plus d'où il sortait.

C'était un homme qui ressemblait assez à un point-virgule. L'asymétrie particulière de ses traits semblait prédestinée à sa passion. Elle lui permettait de s'adapter parfaitement à la baroque conformation du cor de chasse qu'un Florentin, sans doute, inventa autrefois sur les conseils de Machiavel. Le front paraissait plus à droite que le bas du visage et notamment la virgule du menton qui filait courbe carrément vers la gauche. Le corps était à l'unisson du visage, pas bien droit non plus et se supportant sur le tranchant des pieds, ce qui ouvrait largement la parenthèse des genoux, comme si toute sa vie le père Tasse eût serré un cheval entre ses cuisses. Le tout ne devait pas peser plus de cinquante kilos.

Pour l'instant, il trottinait vers le bastidon, désignant ses arbres, ses fleurs et son ruisseau, disant le mal que tout cela lui avait coûté, les doutes qui l'avaient assailli, bref, parlant de son jardin comme d'un chef-d'œuvre qu'il aurait peint. Les pommiers à fruits rouges arquaient leurs branches jusqu'à terre en un salut obséquieux ; les cloches à melon accrochaient les rayons du soleil au couchant et, maintenant qu'ils en étaient proches, Constantin pouvait entendre le ruisseau murmurer.

Hélas fiston, jusqu'ici, jamais nulle beauté sur la terre n'a réussi à empêcher l'homme de calculer et parmi cette pacifiante vision bucolique, ces deux malheureux n'arrêtaient pas de calculer. Et d'abord, Constantin évaluait l'âge du père Tasse : quatre-vingts ? quatre-vingt-cinq ? Assez vieux en tout cas pour faire un mort. Ses poignets se piquetaient de taches de terre qui tendaient à se rejoindre tant elles étaient denses. Il en avait même une, redoutable, au coin de la tempe qui devait lui parler de sa fin prochaine tous les matins quand il se rasait devant son miroir. Mais tout cela ne faisait pas un mort. Et Constantin en avait connu de ces vieillards aux yeux chassieux qui vivaient encore dix ans n'ayant pourtant plus que le souffle. Comment savoir ?

Pourtant dans son imagination, les initiatives propres à assurer son bonheur lui paraissaient claires. Il se disait : « Il faut que je réussisse à lui acheter sa maison avant qu'il meure. Le plus simple, le plus avantageux semble-t-il, ce serait de lui proposer le viager. Mais auparavant j'irai voir l'Irma à Manosque, pour qu'elle me fasse dire par les cartes ce qu'il lui reste à vivre au père Tasse. »

Quant au vieillard, il supputait la fortune de Constantin à vue de nez : « Mazette ! Un cheval comme ça, ça doit coûter bonbon à l'écurie ! Et tu as vu cette selle ? Chez Richebois, à Manosque, elle doit pas faire loin de cent francs. Et ses bottes ! Tu as vu ses bottes ? Autrefois, rien que pour les lui enlever, il se serait fait assassiner au coin d'un bois ! Ah c'est un bel artisan, cet homme ! »

Additionnant ainsi les éléments visibles qui permettaient de chiffrer la fortune de son hôte, c'était un regard bienveillant d'admiration arithmétique que le père Tasse lui accordait, et cet examen concluant une fois terminé il entraîna Constantin séance tenante vers le bastidon d'une seule pièce où nul, pas même le facteur, n'avait jamais pénétré. Toujours, fût-ce par pluie battante, Bienaimé Tasse avait réussi à contenir tout visiteur intempestif au seuil du sanctuaire. Il ne recelait pourtant aucun secret et le mystère, s'il existait, procédait de la nudité même de ces lieux sans ombre. On y voyait d'abord et parce qu'on en respirait l'odeur un panier de poires qui rosissaient dans un compotier à pied sur la toile cirée de la table ronde cernée par quatre chaises paillées.

De là, le regard plongeait directement jusqu'au lit, tapi dans un coin. Quoique pourvu d'un gros oreiller et d'un édredon jaune, ce lit fait au carré avait l'aspect réglementaire d'une couche à soldat. On le devinait propre à éreinter le sommeil tant il paraissait dur mais il devait aussi contenir les rêves pour les empêcher de déborder hors de l'inconscient. Il était placé à droite de l'âtre ouvert et, de couché, on devait pouvoir faire accompagner sa nuit d'abord par les flammes puis par les tisons qui gardent si longtemps la forme de la bûche, enfin par les braises qui ne deviennent blafardes que parce que le jour point, qui les fait pâlir jusqu'à la mort.

« Une telle assurance pour se défendre de la solitude vaut toutes les belles de nuit du monde, se dit Constantin. Cet homme sait se prémunir contre les pensées. »

Quant à cet âtre lui-même et quoique froid en cette saison, on pouvait imaginer qu'il avait été conçu dans un seul but : servir de support à l'instrument de musique qui avait d'abord attiré Constantin vers ce havre de paix. Le cor de chasse était en effet suspendu à la hotte de la cheminée tel un massacre de cerf. Il étincelait, sans doute massé au sable fin tous les matins, et le raide morbier au garde-à-vous contre le mur qui égrenait les minutes se mirait dans le pavillon de cuivre, avec son heaume austère et son balancier, de cuivre aussi. Tout le reste du meuble était accessoire et ne servait qu'au plus utile.

En présence de cette unique pièce mais si bien conçue pour le rêve, Constantin se dit que les quatre chambres de sa maison et son salon de velours rouge lui paraîtraient maintenant bien communs à habiter. « Sans compter, se dit-il, que je la verrais passer tout le temps et que je serais à moins de trois cents mètres d'elle. » L'Alix entrait ainsi dans ses calculs comme pour les justifier. Il voyait fort bien cette femme désirée allongée un soir d'hiver devant cet âtre, sur les peaux de bêtes qu'il y aurait disposées.

Le père Tasse était sur le qui-vive. Il se perdait en conjectures. (Ce fut le terme qu'il employa plus tard pour me raconter cette histoire.) Quoiqu'il en fût orgueilleux, il ne pouvait quand même pas croire que son bien fût convoité par un homme assez riche pour s'offrir, chez Richebois, une selle de peut-être cent francs.

Mais il aimait d'être intrigué et, pour tout dire, il commençait à s'ennuyer parmi toutes ces beautés propres, selon Horace dont il n'avait jamais entendu parler, à assurer le bonheur. Il jaugeait Constantin discrètement de son œil mi-fermé et ce bel homme fringant de vie qui faisait irruption dans la sienne lui paraissait de taille à lui tenir tête en subtile trame et souterraines manigances. Aussi était-il très excité lorsqu'il servit à son hôte deux doigts d'une eau de coing qui se troublait depuis deux ans dans une bouteille à moitié vide tenue debout dans un placard humide.

Constantin stoïquement fit clapper sa langue sur cette mixture éventée.

— Je parie, dit-il, que ce breuvage est fait avec vos propres fruits?

— Et avec ma propre eau-de-vie! Les pampres que vous voyez sur cette tonnelle me fournissent cent kilos de raisin! Je fais soixante litres de vin et cinq litres d'eau-de-vie, monsieur, à l'alambic de l'Henri Magnan!

Ils étaient installés dans la conversation, à l'aise au creux de deux fauteuils qui perdaient abondamment leur fond paillé, sous la tonnelle au soleil où le père Tasse avait ramené son hôte.

Ils passèrent ainsi une heure à parler avec enthousiasme du clos et des douceurs de Montfuron. Quand ils se quittèrent avec promesse de se revoir incessamment, ils étaient les meilleurs amis du monde mais ils ne se connaissaient pas mieux qu'avant de se rencontrer car le propre des hommes étranges, c'est qu'ils sont économes de paroles sur leur passé. Le père Tasse se garda bien d'expliquer son amour pour le cor de chasse à Florian et celui-ci s'abstint de lui parler d'Horace.

Ils se revirent, l'imagination fleurie au contact l'un de l'autre mais toujours la garde levée devant leur secret, employant des trésors d'insignifiance pour éviter, en parlant, de trahir quelque aspérité par où l'interlocuteur aurait pu avoir prise. Bientôt, ils furent cul et chemise et s'en allèrent par chemins se promener ensemble.

Pendant ce temps l'Alix était en ébullition sous le regard de Constantin qui ne manquait jamais de soulever longuement son chapeau à chaque rencontre. Elle se disait : « Qu'est-ce que tu t'imagines, grossasse comme tu es ? Son regard ? Il doit regarder toutes les femmes comme ça. Oui, je t'accorde qu'il ne soulève ainsi son chapeau ni pour la Chaberte ni pour la Bonnabel — que Dieu garde ! — ni même pour la petite Fayet qui a de si beaux yeux bleus. Qu'est-ce que ça prouve ? » Mais elle commençait à être enchantée.

Elle avoua sa passion la première et ce ne fut pas à Florian qu'elle en parla mais au Polycarpe son mari, un soir en lavant la vaisselle. C'est en général à ce moment-là que les femmes d'autrefois parlaient le plus volontiers aux hommes. C'était l'heure où le bon repas avalé ils avaient le plus l'impression, devant la docilité active de leurs épouses, d'être maîtres chez eux, ce qui les prédisposait à être au contraire le plus vulnérables.

— Tu devrais, lui dit-elle doucement, prendre monsieur Constantin dans ton équipe. Il est convenable et il a de l'allure. De tout sûr il te fait grappiller quelques voix.

— Il n'est pas d'ici, rétorqua le Polycarpe.

Il n'aimait pas quant à lui les hommes sveltes et pâles qui ont des mains de pianiste et qui savent tenir un cheval au garde-à-vous entre leurs cuisses serrées.

— Moi non plus je ne les aime pas, dit l'Alix. Mais celui-ci s'est fait accepter. Il est presque populaire. Et regarde un peu : il a été invité chez le père Tasse où même toi tu n'as jamais réussi à mettre les pieds.

— Il me reçoit au portail ! ronchonna le Polycarpe

— Tu vois bien ! Et puis moi je pense que si tu prends ce Constantin sur ta liste, il sera beaucoup plus facile à surveiller. D'autant que, avec ton idée...

— C'est pas la mienne d'idée ! C'est la tienne !

— Enfin, notre idée de mettre dans le programme la reconstruction du pont romain.

— Une idée extravagante !

— Ah oui ? Tu connais un autre moyen, toi, de ravoir les emblavures que ton couillon d'arrière-grand-père a vendues à la commune pour une bouchée de pain ?

— C'était à cause de l'arbre ! gémit piteusement le Polycarpe.

— Ah ne va pas me parler de celui-là ! Ah c'était une belle escroquerie ! Quand je pense qu'on a échangé ma dot contre un oracle qui n'existait pas !

Elle froissait l'air comme une lionne de ses allées et venues outragées mais songeant surtout à faire plier le Polycarpe à sa volonté, afin que monsieur Constantin apprît qu'elle l'aimait.

— Tu vas voir comme c'est facile tiens ! De les obliger à passer sur l'ancien chemin alors qu'il y a cinquante ans ils ne voulaient pas entendre parler du nouveau ! Tu vas être obligé d'y faire passer le cylindre pour les trois ou quatre qui ont une tomobile !

— On en a bien une nous !

— Nous c'est pas pareil. Nous c'est utile. Mais viens pas dire : le marquis de Dion tu crois qu'il en a besoin d'une lui ? Surtout qu'il a pas dû la payer cher sa tomobile ! C'est son frère qui les fabrique !

— Il va encore se présenter contre moi celui-là ! gémit le Polycarpe. Et alors lui, il en a des amis !

— Pas autant que monsieur Constantin. Tu n'as qu'à demander à la Chaberte. Il est populaire. L'autre jour, il a payé la goutte à toute la clientèle. Pour rien ! Pour le plaisir ! Ce sont des choses qui font souvenir.

— Il en a pas lui de tomobile ! grommela le Polycarpe.

— Parbleu ! Il préfère le cheval. Ça sent moins mauvais. Tu le vois avec ses mains faites de cambouis ? C'est un homme d'autrefois. Tu dirais un mousquetaire !

Elle mettait dans ce mot tout l'amour des femmes pour la moustache.

Il céda. Un soir, à la nuit profonde, il s'en vint gratter discrètement à l'huis chez monsieur Constantin. Il arrivait maussade et la main molle à peine tendue. Il parla d'abord des aléas de la profession paysanne et de la pluie qui ne tombait toujours pas. Deux fois il faillit tourner la poignée de la porte pour s'en aller. L'idée de l'Alix qui lui donnerait le tournis en dansant devant lui le pas de la lionne outragée le dissuada de prendre congé. Alors il parla de l'eau à la pile qu'on allait brancher, de l'électrification qui commencerait dans trois ans et du pont romain qu'on allait reconstruire.

— L'équipe, dit-il, qui se sera distinguée dans toutes ces belles réalisations sera bien payée de ses peines par la reconnaissance de la population.

— Je vous entends bien ! dit Constantin.

Il avait la joie dans l'âme. Autant que la proximité du père Tasse avec la propriété Truche, le fait d'entrer au conseil servait ses desseins. Il serait bien le diable si la nécessité d'aller voir le maire chez lui ne se présentait pas et si, une fois là, il ne pouvait se ménager un aparté avec la mairesse. Cependant, il avait bien présent à l'esprit la main mollement tendue et la valse-hésitation devant la poignée de la porte. Polycarpe se trouva devant un homme qui faisait la moue.

« Cet autre enfant de pute de marquis de Dion sera passé par là ! » se dit-il. Il dut soliloquer une heure durant sans aucun encouragement de la part de Constantin. Le menton sur la main, dubitatif comme un pense-petit qui ne sait pas s'il doit jeter du pique ou du carreau, Constantin en parfait joueur de cartes le regardait s'aplatir sans pitié. Une heure ainsi ! De quoi exaspérer un politicien s'il n'est pas rural. Mais l'idée que le marquis avait déjà fait le siège de Constantin obligeait Polycarpe à se surpasser. Néanmoins, il crut mettre le pied sur son adversaire qui le reconduisait civilement en lui promettant enfin son concours. Il lui dit douceureusement :

— Vous savez, monsieur Constantin, seul, je n'aurais jamais eu l'idée de venir vous trouver. Je sais trop combien vous tenez à votre tranquillité. C'est l'Alix, ma femme, qui a pensé à vous. Moi, vous savez, quand elle a une idée... J'ai toujours cru conseil d'elle, alors ma foi, vous ou un autre...

Constantin se retint pour ne pas serrer dans ses bras ce maire sans malice. C'était donc elle qui avait eu l'idée ! Donc elle l'avait remarqué ! Donc elle lui faisait signe ! Il parla avec lyrisme de cette nuit superbe qui régnait sur Montfuron au point qu'on voyait la Voie lactée. Il dansait presque de joie en désignant au loin l'ombre noire de Lure qui ondulait sous la Grande Ourse. Le bonheur le dilatait. Il se serait volontiers envolé pour peu qu'on lui donnât quelque élan. Polycarpe le regardait avec méfiance. « Il ne se tient plus de joie, se dit-il. Ou bien il est momo ou bien il espère prendre ma place. Il peut toujours courir ! » Comment se serait-il douté, lui qui n'aimait que les maigres, que l'Alix pût inspirer de l'amour ?

Quand Constantin revit le père Tasse après l'avènement de la quatrième municipalité Truche contre la coalition réactionnaire du marquis de Dion, il lui sembla que le vieillard lui marquait de l'humeur. C'était la première fois de novembre qu'il était nécessaire de faire un peu de feu vespéral. Un coup de froid était monté de la plaine un matin, qui avait bouilli les dahlias du clos. Les drennes turbulentes s'étaient abattues sur les pommiers, chassant le dernier merle dont on avait vu onduler le vol vers les jardins de Manosque, trois cents mètres en contrebas. Monsieur Tasse se chauffait les mains aux flammes de cette nouveauté de l'année : le feu préparé à la fin de la saison dernière et que, lorsqu'on a quatre-vingt-cinq ans, on dispose en soupirant, ne sachant si ce sont vos propres mains qui le rallumeront. Il était mélancolique et ne se leva pas pour son visiteur. Constantin, qui ne l'avait plus vu depuis quelque temps pour cause de liesse électorale, le trouva fort vieilli.

« Il serait temps », se dit-il. Lors de sa dernière visite, il avait pu lire sur le diplôme suspendu au mur comme un tableau la date où l'élève Tasse Bienaimé avait décroché son certificat d'études. Ça lui faisait quatre-vingt-cinq ans aux prochaines vendanges. Mais il comprit, à la mine du vieillard, qu'il n'était peut-être pas encore opportun d'aborder le sujet qui lui tenait à cœur.

— Ah! C'est dommage! dit le père Tasse d'une étrange voix acide. Vous vous êtes laissé piquer par la tarentule politique!

« J'aurais dû proposer au maire de le prendre sur sa liste, se dit Constantin. Tu vois! On n'est jamais assez sur ses gardes avec les modestes! »

En effet non content de ne pas se lever, le père Tasse ne lui tendait pas la main. Constantin en eut froid dans le dos. Le ruisseau glacé qu'il venait de voir et le jardin nu qu'il venait de traverser lui poignaient l'âme dans leur dépouillement plus encore qu'ils ne l'avaient fait naguère dans leur opulence d'automne. Et à travers les vitres à rideaux de vichy, l'âtre qu'il découvrait allumé pour la première fois lui parlait d'un bonheur assez mystérieux pour le captiver le restant de ses jours. Tout cela était suspendu au caprice ombrageux d'un vieillard à l'amour-propre froissé. La mine du père Tasse et ses aigres propos ravissaient hors de portée ce rêve bucolique d'un homme que le destin se plaisait à fatiguer. L'Alix qui occupait, croyait-il, toutes ses pensées, était reléguée pourtant hors de son souvenir par la panique qui le saisissait à l'idée de perdre le clos.

Parmi tant de secrets, il choisit délibérément de jeter celui-ci en pâture au vieillard pour détourner l'orage.

— Ah! soupira-t-il. Si vous m'autorisiez à m'asseoir, je vous conterais mes affres par le menu. N'allez pas croire que ce fut de gaieté de cœur!

Le père Tasse se tourna vers lui. Il avait les pommettes roses que l'on voit si souvent aux outragés de petite ambition.

— Remarquez bien, dit-il à son visiteur, que moi aussi le Polycarpe m'a demandé de faire partie de son équipe, seulement moi j'ai su dire non !

« Bien fait ! songea Constantin. Ça t'apprendra à te fier aux modestes ! Celui-là, il a tellement eu envie d'entrer au conseil qu'il s'imagine avoir refusé de le faire ! »

— Ah ! gémit-il. Si vous aviez été éperdu d'amour, vous auriez dit oui !

Il profita de l'étonnement du vieillard qui le regardait sans comprendre pour se laisser choir dans le fauteuil en tendant ses mains au feu avec reconnaissance. Depuis son enfance chez sa grand-mère, c'était la première fois de sa vie qu'il pouvait ainsi avancer ses mains vers les flammes devant un feu de bois.

Un quart d'heure durant il parla de l'Alix avec une passion décuplée par la peur. Le père Tasse qui n'avait plus de l'amour qu'une approche désincarnée était bien étonné qu'une personne comme l'Alix pût inspirer un tel désarroi sentimental. À mesure que Constantin la parait de toutes les séductions, le vieillard la suivait dans sa réalité quotidienne : dandinant sa plantureuse personne avec suffisance et contentement de soi, néanmoins, quand Constantin se tut à bout de souffle, il avait presque changé d'avis tant son visiteur avait parlé avec feu.

— En ce cas à la bonne heure ! dit-il. Je craignais que notre amitié n'eût à souffrir de votre engagement. J'ai la politique en horreur !

Il biffa l'air d'un tranchant de main définitif.

— Mais... Ma foi... Puisqu'il s'agit d'amour ! Si vous vous êtes compromis dans ce cloaque pour vous rapprocher de l'objet de votre flamme... Je vous remercie en tout cas de m'en avoir fait confidence. Vous pouvez être assuré que je garderai votre secret comme le mien propre.

Constantin surprit alors le regard du père Tasse furtivement accroché au cor de chasse qui brillait contre la hotte de la cheminée. Ce regard était chargé d'inquiétude comme si l'instrument était susceptible de lui tomber dessus. Et soudain, avec le charmant primesaut des vieillards, il se tourna vers Constantin, un œil toujours mi-fermé mais l'autre pétillant de malice.

— Somme toute, dit-il, ce Polycarpe serait cocu?

— Pas encore, répondit modestement Constantin.

Il rougit comme un jeune homme. Cette incongruité énoncée par le vieillard le désobligeait, souillant de ridicule, à son avis, non seulement la victime mais aussi tous ceux qui avaient part à l'affaire. Il détesta le père Tasse pour l'avoir prononcée. Mais celui-ci était déjà retombé dans sa mélancolie. Il contemplait parmi les flammes de l'âtre un spectacle que Constantin jugea très lointain dans l'espace et surtout dans le temps.

— Ah l'amour! soupira le père Tasse. L'amour!

Il hochait longuement la tête et il prononça le mot trois ou quatre fois encore comme s'il allait en parler savamment. «Il va te raconter son histoire», se dit Constantin plein d'espoir.

Il se trompait. Le vieillard était abîmé en lui-même et il sembla à son hôte qu'il pleurait. Il jugea le moment peu convenable pour lui parler de viager.

L'hiver fut rude, le printemps long à venir cette année-là. Il y eut des congères drossées par le vent du nord qui obstruaient les cours de ferme, l'entrée des rues et les sentiers entre les peloux des tertres. Le moulin dut chômer en dépit du vent qui domina l'hiver, mais la glace s'était prise dans les antennes, les ailes étaient trop lourdes pour s'envoler. Les amours de Constantin demeurèrent stagnantes. Alix et lui ne pouvaient que se dévorer des yeux lorsqu'ils se rencontraient. Tous deux cuisaient à petit feu dans les marmites de l'enfer, ne pouvant ni se parler ni se happer.

Le père Tasse hivernait au coin de son feu. Il notait sur un agenda le temps qu'il faisait au jour le jour. La neige saupoudrait le clos, rendant la vie dure aux passereaux. Chaque matin Constantin venait garnir les mangeoires chez son vieil ami. Ensuite, de derrière la vitre, ils contemplaient front contre front cette bataille des oiseaux pour la pitance.

— De vrais hommes ! glapissait le père Tasse. Surtout les verdiers ! Regardez-les ! Ce qui les intéresse ce n'est point tant de manger eux-mêmes que d'interdire aux autres de le faire !

Ils hochaient la tête tous les deux en gens raisonnables, bien heureux de se croire au-dessus de cette mêlée dont ils n'arrêtaient pas de médire. Constantin commençait à faire la connaissance de son commensal, de plus en plus étonné il en épiait le caractère car il lui trouvait avec le sien propre d'étranges similitudes.

« Raison de plus, se disait-il, pour ne pas lui parler de viager. Est-ce que tu aimerais, toi, qu'on vienne te hâter la mort en te payant ton bien pour après elle ? Tu aimerais être le billet de loterie de quelqu'un ? Non ? Alors ? Oui mais, se disait-il, toi tu as quarante-huit ans et le père Tasse, lui, il en a quatre-vingt-cinq !

Oui mais, quatre-vingt-cinq, on ne sait jamais qu'on les a. On en parle devant autrui, avec détachement, comme si on le savait, mais c'est pas vrai. D'autres peuvent avoir quatre-vingt-cinq ans, mais pas soi ! Alors tiens-toi tranquille ! Il faudra lui faire venir les choses de très loin. Choisir le moment. Tu serais beau s'il disait non ! »

« Il t'en parlera bien à la fin », se disait le père Tasse. Il lui savonnait la pente. Il lui murmurait :

— Eh bien ? Et vos amours ?

Constantin allongeait sa moue.

— Ah ! soupirait le père Tasse, vous habitez trop loin. Elle a trop de choses à faire. Et puis vous la voyez aller chez vous ? Tout Montfuron serait aux fenêtres ! Ah, si vous habitiez, par exemple, chez moi, là oui ce serait brave ! À part la chapelle il n'y a personne entre ici et là-bas. De grands après-midi l'hiver, le brouillard y brasse l'air. Trois cents mètres ! Elle pourrait vous rendre visite entre la vaisselle et la soupe du soir. Le meilleur moment ! Vous vous rendez compte, Florian ?

Il se rendait compte. Il serrait les lèvres. Il secouait la tête. Il posait une main apaisante sur celle du vieillard qu'il tapotait. C'était lui qui le consolait du souci qu'il semblait se faire pour ces amours coupables. On ne se retire pas des affaires après fortune faite à quarante-cinq ans sans que certaines particularités de votre caractère ne vous aient permis cette aubaine et que celles-ci vous restent disponibles en toute occasion.

« Il cherche à te faire te déclarer pour te dire non ! se disait Constantin. Tu as commis une faute énorme. Jamais il ne te pardonnera de faire partie du conseil ! »

Et Tasse se disait :

« Dommage ! J'aurais eu grand plaisir à lui dire non ! »

À ces jeux passait le temps. Le printemps s'assena d'un seul coup par trois jours de pluie ininterrompue qui firent monter le thermomètre de dix degrés et, un matin, on vit Lure à l'horizon, noire et trempée comme une serpillière et on la vit verdir dans la journée même. L'herbe fraîche poussa jusqu'au seuil des maisons.

Le père Tasse reprit sa canne, guilleret.

— Eh bien, Constantin, si nous recommencions nos promenades ?

— Avec joie ! dit Constantin.

— Mais cette fois tant pis ! C'est un peu loin mais il faut ce qu'il faut ! Je vais vous mener jusqu'à la Font de Bourne ! Il faut bien que vous le voyiez ce fameux pont pour la reconstruction duquel vous avez voté.

Ils partirent donc de bon matin. Ils déjeunèrent de pâté de grive et de bon vin sur la margelle de la Font de Bourne. Le père Tasse fit sa sieste sur un lit de bruyères. Il s'éveilla vers trois heures.

— Et maintenant, dit-il, en route ! Je vais vous montrer une curiosité. Oh ne vous attendez pas à merveille ! Ce n'est qu'un arbre ! Mais alors un bel arbre ! Un chêne d'au moins trois cents ans. C'est à peine à cinq minutes. Après nous prendrons le chemin du retour.

Il marchait allègrement en tête, faisant sonner sa canne inutile contre les cailloux du chemin.

— Tenez ! dit-il. Regardez ! Approchons-nous ! N'est-il pas beau ? Et toujours jeune ! Tant de gens sont morts depuis qu'il est né ! Des centaines de millions !

Peut-être des milliards ! Vous pensez, en trois cents ans ! Et lui tous les automnes il perd ses glands, plus tard il perd ses feuilles et au printemps plouf ! Il recommence ! Ah j'aurais aimé être un chêne. Si j'avais été un chêne... Mais qu'est-ce que vous faites, Constantin ? Vous êtes bien loin ? Je parle pour l'amour de Dieu alors ?

Il ne faisait rien Constantin. D'abord, de loin, il avait cru voir un arbre qui offrait l'étrange allure d'une tête de cerf immense, buté sur une seule patte gigantesque et couleur de tortue. Il dardait en avant ses cors innombrables embusqués parmi les feuillages. Au moment où il allait s'exclamer d'admiration pour faire plaisir au père Tasse (alors que ce n'était pas du tout ce sentiment-là qu'il éprouvait) il entendit au-dessus de lui un pétillement comme si des milliers d'oiseaux picoraient l'écorce de l'arbre. Il s'immobilisa. Il laissa le père Tasse s'avancer tout seul sous les frondaisons, à deviser et à faire des arabesques avec sa canne d'apparat.

Lui, Constantin, il était cloué au sol comme la femme de Loth. Devant lui, l'arbre flamboyait. Il brûlait avec de petites lueurs sèches qui frissonnaient agiles sur chaque feuille, chaque rameau, chaque branche. Ces éclairs fugitifs ne détérioraient pas les frondaisons, ne les consumaient pas. Elles les parcouraient semblait-il sans les toucher. L'arbre tout entier était devenu un bouquet bleu tremblant de flammes comme un âtre en hiver.

— Eh bien ? cria le père Tasse. Qu'est-ce que vous foutez si loin ?

Son visage en point-virgule et son œil malin mi-fermé faisaient merveille dans cette atmosphère empreinte d'irréalité. Jamais vieillard n'avait été plus serein. Il observait de loin le long Constantin les bras largement ballants comme ceux d'un épouvantail au gré du vent. Son panama se boursouflait comme s'il voulait s'envoler. Ses vêtements de bonne coupe flottaient cependant autour de lui comme s'il avait soudain maigri. Il était cloué entre les ornières, en la position malcommode où l'immense étonnement l'avait sidéré sur place, muet et le visage vert.

« Je suis le jouet d'une hallucination », se disait-il car les formules toutes faites sont ce que l'homme a inventé de plus lénitif pour se prémunir contre l'étrangeté du monde.

Monsieur Tasse qui ne l'avait pas amené ici sans dessein, sachant, lui, ce qui bouillait dans sa marmite, monsieur Tasse l'admirait sans retenue. Pour un peu il eût soulevé sa casquette.

« Le gaillard est de taille, se disait-il. Ou bien serait-ce que l'arbre n'a pas brûlé ? »

Il lui prit une grande inquiétude. Il observait Constantin de loin avec acuité. « Mais non, se dit-il, il a brûlé ! Il brûle encore ! À mon intention ! Vive Dieu ! Regarde-le ton Constantin ! C'est un gaillard de première catégorie ! Mais quand même : tu dirais la femme de Loth juste au moment où elle vient de se retourner ! »

En un temps où la moindre parole pouvait signifier la mort, Constantin avait appris à maîtriser la sienne quitte à se mordre la langue, aussi devant ce spectacle déroutant et auquel il était mal préparé, réussit-il à s'imposer silence mais ce ne fut pas sans mal. D'autant plus qu'il était incapable de démêler pourquoi il s'abstenait de s'exclamer et de désigner du doigt le prodige.

— Eh bien ? lui criait le père Tasse sans ménagement. Vous voici bien immobile ? Auriez-vous vu l'Antéchrist ?

Constantin abaissa lentement son regard stupide d'étonnement. Il prit conscience du visage du père Tasse et se dit, à cette occasion, combien celui-ci était bizarre, fuyant de toute part telle une phrase mal construite. Il prit conscience que si l'œil droit du vieillard était parfaitement ouvert et limpide du plus beau bleu, le gauche, en revanche, il ne se souvenait pas d'en avoir jamais vu la couleur.

« Il y a un mystère ! » se dit-il.

Et au père Tasse il répondit :

— Je vous admire !

— Ce n'est pas moi qu'il faut admirer, c'est l'arbre ! L'avez-vous bien observé ?

— À loisir ! souffla Constantin.

Il sentait sur ses paupières le souffle chaud de ces innombrables serpents bleus qui continuaient à pétiller en plein soleil. Mais soudain, se dressa venant de Lure un de ces immenses nuages noirs dont on croit qu'ils ne donneront jamais une goutte de pluie parce qu'ils se déplacent depuis le nord. Mais parfois l'on se trompe, ils vont s'arrimer aux rives de la Durance et là ils s'écroulent en trombes d'eau.

Le père Tasse avait une grande habitude de toute espèce de ciel.

— Vite ! cria-t-il. Mettons-nous à l'abri !

L'orage commençait à aboyer entre Reillanne et Saint-Michel.

— Mais à l'abri où ? dit Constantin.

— Là! Sous l'arbre! Où voulez-vous?

Le père Tasse était arrivé à la hauteur de son compagnon et il l'entraînait par le bras jusqu'au pied du tronc. Pour Constantin, cette voûte opulente du feuillage resplendissait de lumière comme une nef d'église sous les cierges d'une fête.

— Mais on m'a toujours dit qu'il était dangereux en cas d'orage de s'abriter sous un arbre!

— Pas celui-ci! cria le père Tasse.

Un déluge de grêlons et d'averse mêlés crépitait soudain sur tout le pays de Montfuron noyant cet arbre où ils étaient blottis, le frêle vieillard et le fringant colonial dont le panama déversait des rigoles d'eau sur le veston de lin blanc.

«C'est un gaillard de première catégorie!» se répétait le père Tasse sans se lasser.

Pas un muscle ne tressaillait sur le visage de Constantin. Ni l'orage ni l'immense étonnement qui le laissait pantois à se voir ainsi sous une nef de lumière que la pluie ne perturbait même pas ne parvenaient à ébranler sa maîtrise de soi. La vérité c'est qu'il se croyait réellement le jouet d'une hallucination et qu'il ne voulait pas que nul s'en aperçût. Là-bas, en Afrique, autrefois, il avait eu la dingue, certain jour où le soleil avait tourné pendant qu'il poursuivait sa sieste, se croyant toujours à l'ombre. Au réveil, les boys avaient dû s'y mettre à cinq pour l'empêcher d'aller nager dans le marigot aux crocodiles. Si par hasard il était à nouveau victime de ce mal bizarre, tout Montfuron prendrait peur. Il cesserait d'être populaire (les fous le sont rarement longtemps), on le regarderait entre haut et bas, chacun continuerait à le saluer respectueusement mais sans s'arrêter et les fillettes tireraient au large en le voyant poindre. Si l'Alix savait qu'il avait eu la dingue il pouvait en faire son deuil. Voilà pourquoi à l'abri de cet arbre maintenant rose pour lui comme un feu de Bengale sous l'horizon obscur, monsieur Constantin gardait une face de marbre.

L'orage persista une heure durant, virant au loin, allant reprendre des forces sous la face nord du Ventoux avant de revenir pilonner les hauteurs de Montfuron. Ils virent Lure au loin, sous le ciel déchiré. Le sommet resplendissait de neige neuve. Le printemps chez nous n'est pas chiche de ces revirements.

— Foutons le camp! dit le père Tasse. Venez vite! Il fait froid! Recampons-nous!

Il fuyait comme un homme que la mort poursuit. « Comme un lapin! » se disait Constantin. Il admirait que cet octogénaire pût s'en aller ainsi trottant au mépris des drailles aux galets délités par l'averse, la canne belliqueuse comme s'il poursuivait quelqu'un et non pas tel qu'un vieillard ayant besoin d'un bâton pour s'aider à marcher. Ils atteignirent le clos noyé de pluie de justesse avant que le déluge ne s'abattît de nouveau sur Montfuron.

— J'ai froid! dit le père Tasse.

« S'il crève je suis foutu! » se dit Constantin. Il observait le vieillard tout tremblant qui soulevait le manchon de la lampe à pétrole pour donner de la lumière car le jour s'éteignait déjà au couchant obstrué par les nuages.

— Moi aussi, murmura Constantin. J'ai froid dans le dos!

Ils se firent un bichof couleur amarante que le vieillard servit dans des bols à déjeuner et qui les réchauffa jusqu'à l'âme. Le père Tasse scrutait son vis-à-vis à travers la buée des deux bols où le vin bouillait encore. « Il a l'œil stupide, se disait-il. Il est toujours sous son arbre ! »

Quand il le lâcha au portail à nuit close, sous le ciel maintenant étoilé, il dut l'orienter bien d'aplomb sur le chemin où il s'engagea comme un somnambule. « Demain, se dit-il, il commencera à réfléchir. Espérons que ses réflexions le dirigeront du bon côté ! »

Constantin s'éveilla avec devant les yeux cet immense candélabre incandescent qui l'éblouissait. Il fut debout d'un bond. « Il faut que je sache, se dit-il. Au diable les convenances ! » Dès le début de l'après-midi il se coiffa avec soin et sella le hongre. Il avait besoin d'avoir grande allure pour la démarche qu'il voulait faire et surtout ne pas avoir l'air d'un détraqué retour d'Afrique. Il s'abstint même du petit verre matinal de rhum dont il se confortait les jours ordinaires.

Le père Tasse à l'affût derrière sa vitre vit se profiler au-dessus de sa haie cet homme tronqué qui passa de profil sans un regard au clos. « Oh, se dit-il, il est préoccupé mon gaillard ! »

Constantin un peu oppressé ne fit qu'une traite jusqu'à la cour des Truche. Par timidité, il faisait sonner haut les sabots de sa monture sur les pavés du courtil. Il avait préparé son discours tout au long du chemin : « Truche, allait-il dire au maire, vous qui êtes un homme d'âge et d'expérience et qui de plus êtes assermenté, dites-moi la vérité : je suis fou ou ce que j'ai vu existe ? »

Il s'attendait à tout sauf que ce fût l'Alix qui lui ouvrît la porte. Ils restèrent immobiles, lui à cheval, elle au seuil de la cuisine, tenant une assiette qu'elle essuyait encore et sur laquelle, le torchon à la main, son geste resta suspendu. Stupide d'étonnement, il eut quand même le réflexe de soulever très haut son chapeau.

Il s'écoula ainsi entre eux, qui se regardaient droit dans les yeux, le temps que dans les profondeurs de la maison la pendule sonnât trois heures et qu'elle le répétât deux minutes plus tard.

« Il est enfin venu », se dit-elle. C'était la première fois depuis qu'il était adjoint qu'elle le voyait d'aussi près.

— Entrez! dit-elle. Vous m'avez fait peur! Vous êtes pâle comme un mort!

— Je suis ainsi depuis hier. Votre mari est là?

— Non! répondit-elle fermement. Vous vouliez le voir lui?

Il avait attaché le hongre à l'anneau du montoir. Il s'avançait comme un somnambule, les jambes en coton, ayant abdiqué toute prestance. La solitude où il trouvait Alix le prenait d'autant plus au dépourvu que l'obsession qui le subjuguait depuis la veille avait effacé de sa mémoire les délices qu'il se promettait avec elle. Il se trouvait dans la disposition d'esprit d'un gamin auquel la Vierge Marie vient d'apparaître pour la première fois, c'est dire s'il était éloigné de toute préoccupation érotique.

Elle, de son côté, était mal préparée à ce qu'on lui parlât d'amour. Elle protégeait sa robe de travail par un de ces tabliers de ménage qu'on traîne trois ans avant de s'apercevoir qu'il vous fait honte. Elle qui était si fière de ses pieds demeurés menus en dépit du poids respectable qu'ils devaient maintenant assurer, elle les avait mis à l'aise dans de larges savates qui ne prêtaient pas à croiser les jambes pour mettre en évidence la finesse des chevilles. De plus elle portait sur les épaules une berthe disgracieuse dont les pans lui soulevaient les seins.

Elle lui ouvrit néanmoins toute grande la porte de son salon campagnard qui tenait du débarras et du musée arlatan, à cause des meubles lourds qui l'avaient suivie lors de son mariage. Il remarqua qu'en plus opulent, la même odeur de vin de noix régnait ici comme chez le père Tasse.

«Il a eu un sang-bouillant, se disait-elle. Et c'est vers toi qu'il se réfugie!»

— Assoyez-vous! dit-elle.

Elle resta debout devant lui, qui s'était laissé choir sur le canapé, consciente que si elle occupait à côté de lui la place laissée vacante, son poids le ferait basculer contre elle, ce qui serait indécent et ridicule.

— Vous vouliez parler à Polycarpe?
— Oui, je voulais lui parler.
— Il est allé passer le rouleau sur nos blés des Embarrades. Il ne rentrera qu'à la nuit.

Elle rougit dans la pénombre en prononçant ces mots. Il lui semblait qu'elle les énonçait avec intention.

— Mais, ajouta-t-elle très vite, s'il s'agit des affaires de la commune, il me tient au courant de tout.

— Non. Il ne s'agit pas des affaires de la commune.

Constantin se dressa et se dirigea vers la fenêtre qui prenait jour sur le chemin suivi la veille, le chemin qui menait à l'arbre. Il parla le dos tourné.

— Il s'agit d'une affaire à moi. Vous m'avez dit que j'étais pâle quand je suis arrivé. Est-ce que je vous fais l'effet d'un homme de bon sens?

— Mais oui! Pourquoi? Mon Dieu, qu'est-ce qui vous arrive? Attendez! Je vous sers quelque chose de fort!

Elle bondissait vers le buffet. Elle revenait avec une bouteille et deux petits verres.

— Tenez! dit-elle. C'est vrai que vous êtes pâle! Buvez ça!

Elle lui tendit le verre.

— Je ne vous dis pas ce que c'est, vous vous en apercevrez bien tout seul.

Elle avait en vérité versé le génépi autant pour elle que pour lui. Elle était sûre qu'il allait s'apercevoir qu'elle tremblait devant lui et elle ne voulait pas que ce soit le dit. Elle avala le liquide d'un coup, avant lui, sans penser à trinquer. Cela lui fit l'effet d'une épée de feu qui lui aurait transpercé la gorge. Des larmes abondantes lui jaillirent des yeux. « Je ne suis pas convenable! » se dit-elle.

— Vous êtes d'ici? demanda Constantin.

— Non. Mais j'y suis depuis mon mariage. Seize ans!

Une sorte de joie enfantine lui faisait oublier son tablier sale et ses savates.

— Oh, dit Constantin, si j'avais su de vous déranger, j'aurais pu aller demander à la Chaberte.

— La Chaberte, c'est une langue de pute! trancha tout de suite Alix. Non, si vous avez quelque chose sur le cœur, c'est plutôt à moi qu'il faut le confier.

Il aurait dû à son tour être inondé de joie en entendant ces paroles qui résonnaient comme un aveu mais le spectacle auquel il avait assisté la veille le remplissait encore d'un religieux étonnement qui le privait de ses réflexes ordinaires. C'était à peine s'il voyait l'Alix en face de lui, et qu'elle eût des savates et une berthe, c'est ce qu'il n'aurait su dire.

— Parlez! dit-elle. Le Polycarpe a dû vous confier que je suis toujours de bon conseil.

Il revint lentement s'asseoir son verre vide à la main.

— Je ne voudrais pas, dit-il, que ça s'ébruite. On va me prendre pour un fou et je me demande si en fait...

Alors, avec d'infinies précautions pour ne pas rompre l'équilibre du siège, elle s'installa loin de lui sur le canapé et elle lui dit :

— S'il y a un secret, comptez sur moi. Personne ne vous le gardera mieux que moi.

— Oh, un secret? Je ne sais pas... Plutôt une illusion peut-être. Enfin voilà : hier, je suis allé me promener vers le pont romain, vous savez? celui qu'on va réparer? Et alors là, il m'est arrivé une chose bizarre... Enfin, une chose curieuse. Vous savez, il y a un gros arbre à cet endroit, un très gros chêne, dit-il.

Avec ses bras arrondis, il voulut simuler la circonférence du tronc.

— Mais, dit-il, beaucoup plus gros que ça. En vérité, il faudrait trois hommes, je crois, pour en faire le tour.

— Je sais, dit l'Alix. Il est chez nous.
— Chez vous?
— Oui. Il nous appartient. Lui, la source et les truffiers qui sont autour. C'est tout à nous.

Constantin hocha longuement la tête et il dit :

— Je me demande figurez-vous si cet arbre-là appartient bien à quelqu'un. En tout cas moi, hier, quand je suis passé dessous, il m'est arrivé une chose que je me demande... C'est pour ça que je voulais parler à Polycarpe. C'est le maire, lui. C'est un homme d'âge et d'expérience. Il m'aurait dit lui...

Il y avait déjà quelques minutes que l'Alix avait froid dans le dos à mesure que Constantin avançait dans son récit. Mais le voyant atermoyer de la sorte, elle ne put plus y tenir. Elle lui agrippa le bras convulsivement et elle lui dit :

— Vous n'êtes pas en train de me dire que vous avez vu brûler l'arbre?

— Si! s'exclama Constantin. Mais comment? Vous saviez?

Elle se claqua les mains l'une contre l'autre.

— Il a vu brûler l'arbre! Vous avez vu brûler l'arbre, vous!

Son regard étincelait dans sa grosse figure. Elle criait littéralement. Elle se retenait de toutes ses forces pour ne pas le secouer comme un prunier.

— Oui! Je l'ai vu brûler! répéta Constantin. D'abord avec des flammes bleues. Et ensuite il y a eu l'orage et alors il est devenu tout rose. Comme un feu de Bengale, ajouta-t-il à voix basse.

— Un feu de Bengale! gémit l'Alix. Et moi j'ai jamais pu voir ça! Et moi mon père a payé toute une dot pour que je puisse voir ça! Les meubles que vous voyez là! Le trousseau! Les louis d'or! Tout! Ces Truche, ce sont des pauvres à côté de nous! Seulement ils avaient cet arbre. Et moi, mon père m'adorait et il savait que j'avais le cœur sensible. Et il savait qu'épouser un homme de chez nous avec beaucoup de bien ça ne me dirait rien. Alors il m'a trouvé cet homme : ce Polycarpe qui avait chez lui un arbre qui annonçait la mort. Eh bien non! J'ai été trompée! Il y a seize ans que je suis mariée et jamais une seule fois, ni moi ni personne ne l'a vu brûler! Jamais! Et il va le faire pour vous! Pour vous qui êtes un étranger!

Elle n'avait même plus envie de lui. Elle n'avait même plus envie qu'il la prenne dans ses bras. Elle le regardait de ses gros yeux flamboyants comme un ennemi, comme un prédateur.

Elle avait toujours sa berthe sur les épaules et ses savates aux pieds mais finalement elle s'était mise à nu devant lui et il la voyait brasiller de colère, sa chair couleur de cet arbre qu'elle n'avait jamais vu autrement qu'ordinaire. Dans ce corps volumineux, il voyait briller l'une de ces âmes romantiques dont on rêve sans jamais croiser leur route. Il la désirait. Il l'aima. Mais il avait retenu dans ce flot de paroles quatre mots seulement qui lui glaçaient le sang.

— Pour annoncer la mort? dit-il.

— Oui! Mais pas la vôtre! Celui qui voyait flamber l'arbre ne mourait pas. C'est ce que le Polycarpe prétend. Vous n'étiez pas seul?

— Non. J'étais avec le père Tasse.

L'Alix fit un beau mouvement de sa main jetée par-dessus son épaule.

— Oh celui-là! Il est assez vieux pour faire un mort!

— Vous ne voulez pas dire qu'il va mourir?

— Si! Dans les trois mois! Tous les récits concordent. Celui pour qui l'arbre flambe il n'en a pas pour une saison. Enfin... C'est ce qu'on dit...

Constantin siffla longuement entre ses dents. Tout un bouquet de conséquences heureuses fleurissait dans son imagination soudain miraculeusement crédule. Il se leva.

— Qu'est-ce que vous allez faire ? dit l'Alix inquiète. Le Polycarpe croit que son arbre ne brûlera jamais plus. Ils ont eu toutes sortes de malheurs dans la famille du temps où il brûlait régulièrement. Alors il ne faudrait pas...

— Vous voulez que ce soit un secret ?

— Oui, dit l'Alix dans un souffle. Un secret entre nous.

Ils se regardèrent. Ce fut tout. Ils étaient à un mètre l'un de l'autre mais ils n'osaient pas se toucher. Ils se croyaient sous les yeux de tout Montfuron et de plus le secret qu'ils venaient de partager les avait bouleversés. Dans le fond, c'étaient des êtres simples et pour aujourd'hui ils avaient leur content d'émotion. Ils ne voulaient pas y ajouter le surcroît de l'amour.

Elle le raccompagna jusqu'au portail voûté de la ferme, admirant sa taille et sa souplesse. Et quand il se retourna pour lui dire au revoir, elle baissa les yeux comme une femme surprise dans ses calculs.

— Vous ne direz rien à personne, lui demanda-t-elle, de tout ce dont nous avons parlé ? Vous me le jurez ?

— Sur votre tête ! dit-il. Est-ce que je me fais bien comprendre ? Mais qui sait ? Nous pourrions peut-être, si tout va bien, en parler ensemble, parfois ?

Il détachait les rênes du hongre au montoir de la voûte et il n'osait pas se retourner pour lire la réponse dans les yeux d'Alix. Il ne voulait pas savoir. C'était trop délicieux cette incertitude de l'attente.

Alors soudain, sur les landes, du côté du moulin, ils entendirent un grand brame désolé qui froissait l'air du soir sur Montfuron la tranquille. C'était un déchirement de soie qui leur creusait l'estomac et qui semblait capable d'émouvoir même Lure énigmatique dans ses fonds, sous le mystère vert de ses chênes et qui rosissait pourtant dans le crépuscule comme une personne vivante sous les paroles d'un aveu.

— C'est le père Tasse qui joue du cor ! s'exclama Alix à voix basse.

— Est-ce que vous savez pourquoi il en joue ?

— Non. Mais ce que je sais, c'est qu'il n'en jouera plus très longtemps. Si vous avez vu brûler l'arbre pendant que vous étiez avec lui... Deux mois, trois mois, pas plus. L'arbre n'annonce que les morts subites... Dommage, dit-elle, quand il joue, je sens quelque chose qui me remue le cœur.

Ils se quittèrent sur ces paroles. Elle osa à peine, quand ayant fait volter sa monture il ne put plus la voir, lui faire de la main un signe timide.

Il rentra chez lui pour soigner le cheval et lui garnir son râtelier. C'était le meilleur moment. Celui où il arrêtait toutes ses décisions. Il parlait au hongre tout en le brossant et il lui demandait son avis. En général, les petits hennissements du cheval étaient de bon conseil.

Quand il se remit en route, à pied cette fois, il faisait nuit noire. Quelques rares lumières signalaient le village qui s'endormait. Grâce à la blancheur des cailloux, on distinguait à travers champs le tracé du chemin. Quand il atteignit le clos du père Tasse, Constantin fut saisi aux narines par une odeur dominante de lampe à pétrole qui file. Par les carreaux de la fenêtre aux volets ouverts, le faisceau de lumière qui éclairait jusqu'au portail révéla au regard de

Constantin un monstre aux contours grêles, perché sur quatre roues et d'où provenait dans le silence le chuintement régulier d'une goutte d'huile qui résonnait à terre sur un caillou du chemin.

La pénombre qui régnait devant la croisée permettait de distinguer à l'intérieur deux silhouettes gesticulantes. Un gentilhomme castillan ou d'ailleurs se serait retiré sur la pointe des pieds, craignant d'être indiscret, mais Constantin devait sa position dans le monde à sa promptitude à étouffer ses scrupules. En outre, il était encore malade de rancœur à la pensée que chez la Chaberte, en dépit de tous les coups à boire qu'il avait payés à tant de gens, personne ne lui avait parlé de l'arbre. En ce pays qui nourrissait de tels mystères dont il était exclu en sa qualité d'étranger, tous les moyens lui semblaient bons pour tenter de les percer. Aussi n'hésita-t-il pas à ouvrir le portail sans bruit et à venir se poster à quatre pattes sous l'appui de la fenêtre.

Des éclats de voix s'entendaient à l'intérieur qui prouvaient bien qu'il ne s'agissait pas d'une conversation amicale.

— Tu n'as toujours été qu'un palefrenier ! disait quelqu'un. Je n'aurais jamais dû t'élever à la hauteur d'un veneur !

— Tu n'as jamais été qu'un assassin ! rétorquait le père Tasse. Combien de fois t'ai-je vu laisser égorger tes chiens par le loup avant d'aller l'abattre ! Ça te plaisait ce spectacle ! Oui, égorgés ! Tous, jusqu'au dernier !

— C'est faux ! Deux seulement ! Et tu sais bien que c'était par colère contre toi !

Protégé par l'obscurité, Constantin risqua un œil

à l'intérieur. Il vit le père Tasse vert d'indignation qui empoignait la table de cuisine dans l'intention peut-être de la renverser. Sa petite taille était cambrée comme celle d'un coq de combat. Face à lui, un vieillard du même âge mais ventru et sanguin lui donnait la réplique, lui aussi vert de rage et pareillement agrippé à la table. Muets maintenant ils se mesuraient du regard. Soudain le vieillard sanguin s'écroula sur une chaise comme un pantin. Il grimaçait de douleur. Il parla. Il ne criait plus. Sa voix parvenait à peine jusqu'à l'indiscret à l'affût derrière les vitres closes. Elle avait des accents suppliants.

— Ne sonne plus! Chaque fois que tu sonnes je la vois devant moi!

— Si je ne sonne plus, grommelait Tasse, tu t'endormiras dans la peau d'un assassin! Tu t'y habitueras! Tu y trouveras des appas!

— Tu sais bien! Tu sais bien *toi* que ce n'était qu'un accident!

— Je sais que je pleure encore!

— Pleure autrement! Pleure en silence!

Le vieillard sanguin se leva. Constantin le vit tirer d'un portefeuille quelques billets qu'il étala en éventail sur la table. Il tourna le dos et marcha vers la porte. Constantin n'eut que le temps d'aller s'abscondre derrière la gloriette.

Il vit sortir le visiteur qui passa devant la clarté de la fenêtre. Il boitait. Lui aussi marchait avec une canne pour quelque cause fallacieuse car il la faisait siffler dans l'air à la manière d'une épée. Constantin attendit dans l'ombre qu'il eût élancé à grand effort de manivelle sa machine nauséabonde. L'air empestait le pétrole sur tout le clos obscur dont l'engin tonitruant avait effarouché le silence. Constantin balança s'il allait frapper à la porte comme s'il arrivait inopinément. Il y renonça. Il avait pour aujourd'hui son content de surprises. Néanmoins, il ne put s'empêcher de revenir vers la croisée, histoire de voir comment le père Tasse se comportait.

Les billets jetés sur la table par l'autre vieillard avaient disparu. Le père Tasse était affalé le buste en avant, la tête entre les mains, ses frêles épaules secouées de sanglots. Constantin se retira sur la pointe des pieds.

Mais dès le lendemain, car le temps pressait songeait-il, il se dirigea à nuit noire vers le clos tentateur. Au seul mot de *viager* qu'il prononça le plus tôt possible, Tasse eut comme un mouvement de pudeur offensée et il dit :

— J'ai un neveu, figurez-vous ! Et j'aimais beaucoup ma sœur. De sorte que ce neveu...

Il mentait. Il ne l'avait plus ce neveu depuis bientôt deux ans. Il était mort de désespoir à la suite d'un pari stupide qu'il avait tenu contre lui-même et qu'il avait perdu. Ce neveu était ambitieux. Il avait besoin d'argent pour monter cette chose nouvelle qui faisait tant d'envie aux jeunes gens nouveaux : un de ces hangars à outils où l'on soignait les véhicules à pétrole. Il s'était dit légitimement : « L'oncle a soixante-dix-neuf ans. Si les choses se passent comme d'habitude, il n'en a plus que pour un an ou deux. Il n'a rien mais il a son clos. Auprès d'un amateur éclairé, ça vaut bien le prix d'un garage. Je le lui achète en viager et bateau ! Ah oui bateau ? s'était-il dit. Les un ou deux ans, ça peut bien en durer trois ou quatre. Et alors ? Avec quoi tu lui payes la rente ? Tu as juste de quoi faire face six mois, huit mois peut-être en te serrant la ceinture. Mais après ? Ce qu'il faudrait c'est une certitude... Oh mais dis donc attends voir ! Ma mère qui était de par là-haut dedans, elle me parlait toujours d'un arbre qui prédisait la mort ! Qu'est-ce que je risque d'y mener l'oncle en le promenant ? Au moins, alors, j'en aurai le cœur net ! »

Il l'y mena. Le père Tasse était un esprit fort. Il ne croyait pas à toutes ces sornettes. En revanche, il croyait fermement qu'avec une morale saine et une hygiène rationnelle l'homme peut vivre jusqu'à cent ans. Chez lui, un pain de sucre d'un kilo durait quatre mois suspendu au plafond par une ficelle. Il ne lui donnait qu'un seul coup de langue le matin, en dégustant sa chicorée. Jamais de gibier. Une bonne soupe de légumes tous les soirs et pour tout potage aux fêtes carillonnées, quelque os à moelle en guise de viande.

« Avec un tel régime, se disait-il, on peut envisager de vendre sa maison en viager. » Il accepta docilement de se laisser mener sous l'arbre dont il feignait d'ignorer les vertus, jusqu'à ce que celui-ci rendît son oracle, ce qui se produisit la troisième fois sous les yeux du neveu un peu ébaubi et qui ne se vanta de l'aubaine à personne car il craignait encore, on lui en avait tant parlé, les coups de fusil des Truche jaloux de leur bien. Toutefois, il conduisit le père Tasse séance tenante chez le notaire.

— Ça vous fera pas mourir, l'oncle !

— Sûr que non ! dit le père Tasse. Et puisque ça te fait tant plaisir de me faire une rente.

Le neveu s'installa dans l'attente. Trois mois, quatre mois... Puis un an, deux ans, trois ans... Il était aux abois. Plus rien à manger. Sous peine de tout perdre, il fallait continuer à payer la rente qui le ruinait. Il avait attrapé le scorbut à force de ne se nourrir que de pilchards en boîte. Il était mort misérablement à l'hôpital mais, auparavant, il avait fait venir l'oncle pour lui faire son mea culpa.

— C'est bien fait pour moi, l'oncle! J'ai eu une mauvaise pensée en vous menant sous l'arbre! Je croyais que vous ne vivriez pas plus de quelques mois!

— Il ne faut jamais croire même à ce qu'on voit! lui avait répondu le père Tasse en lui fermant les yeux. Ça ressemble toujours trop à ce qu'on espère.

Avec les hardes de ce neveu qu'il avait fait vendre pour solde de sa dernière rente, il s'était acheté ce cor de chasse qui trônait, astiqué à mort, contre la hotte de la cheminée.

« Somme toute, s'était-il dit, cet arbre n'est pas absolument inutile. »

C'est ce qu'il pensait encore ce soir en observant ce Constantin tout piaffant d'impatience auquel il convenait de tenir la dragée haute.

— Votre neveu! s'exclama Constantin sur un ton méprisant. Qu'est-ce qu'il foutra de ce clos votre neveu? Il le vendra à des Marseillais de mauvais goût qui raseront votre bastidon et votre gloriette pour construire à la place une de ces grosses villas en brique de style anglo-normand!

— Oh je sais bien! acquiesça le père Tasse. Je sais bien allez!

Il avait tout du vieillard frileux et désabusé qui est une proie facile.

— Tandis que moi, moi, poursuivait Constantin avec feu, c'est comme une œuvre d'art que je vous l'achète ! Je vous le promets : le mort saisira le vif ! Je ne changerai pas un objet de place ! Je n'en ajouterai aucun ! Je vivrai dans vos pas ! Je me mettrai à soleiller sur la terrasse comme vous et dans le même fauteuil ! Je mettrai votre casquette ! De loin, quand ils passeront, les gens de Montfuron penseront que vous n'êtes jamais mort !

« Il va t'offrir un panier de figues comme rente ! » se dit le père Tasse alarmé.

— Vous ne pourrez pas jouer du cor ! dit-il avec tristesse.

— J'apprendrai ! assura Constantin.

Il fut d'une folle générosité. Il offrit un bouquet qui fit lever les sourcils au notaire et la rente fut à l'avenant.

« Puisqu'il n'en a plus que pour trois mois, se disait-il, je ne vais quand même pas le voler ! »

La vision de l'arbre rose fusant sous le ciel tel un feu d'artifice l'exaltait sans retenue. Il avait oublié qu'une sainte terreur lui avait refroidi le dos lorsqu'il avait assisté à ce caprice de la nature. Il revoyait les beaux yeux tristes de l'Alix hochant la tête : « Il n'en a plus pour longtemps », avait-elle dit.

Mais qu'est-ce que ça veut dire *longtemps* ? Constantin, qui s'était mis à attendre dans la même quiétude que le neveu, s'éveilla un an plus tard avec un sac de louis en moins qu'il avait dû vendre. L'amour, il est vrai, lui tenait lieu de patience. À plusieurs reprises en effet, furtivement, au fond des bois, l'Alix craignant toujours d'être saisie en flagrant délit, ils s'étaient malaisément et maladroitement aimés, bien éloignés de pouvoir nourrir tous leurs rêves. Ils patientaient toutefois, dans l'espoir qu'un jour ils s'éveilleraient dans les bras l'un de l'autre ayant enfin bouclé le cercle d'ébats que tant d'amants se promettent souvent en vain.

Mais aucun amour ne guérit une plaie d'argent, aucun rêve ne lui résiste. Ayant vu fondre en vain tout un sac de louis sur la tête en point-virgule du père Tasse, Constantin commençait à aller promener tout seul sa longue carcasse du côté de l'arbre-oracle avec un drôle d'air. Un jour, il y avait dix-huit mois qu'il attendait en vain, il s'enhardit jusqu'à venir lui compisser le tronc. Il lui sembla ce jour-là que l'arbre ricanait.

Le pire c'est qu'il devait toujours faire bonne figure devant le père Tasse, prendre l'air insouciant de celui qui n'est pas pressé, feindre une sollicitude inquiète si parfois, l'hiver, le vieillard se prenait à tousser.

— Ah mon pauvre Florian, je te fais bien attendre! lui disait le père Tasse entre deux quintes de toux.

« Il te regarde, se disait-il, comme un bernard-l'ermite qui guette la mort du mollusque dont il convoite la coquille. »

— Mais non mais non! protestait Florian. Y songez-vous? Vous faites partie du chef-d'œuvre. Et si je regrette le viager c'est parce que je pense que le tableau n'aura plus aucun sens si vous n'êtes pas là pour l'animer.

Mais s'il est facile, à la rigueur, d'être encore stoïque de la sorte après dix-huit mois d'attente, en revanche, au bout de trois ans, cela devient de l'héroïsme. D'autant que, entre-temps, le père Tasse avait encore illustré son active longévité.

Constantin aimait à se rendre le dimanche au

sortir de la messe où Alix assistait. Il aimait confronter dans le souvenir l'image de cette pieuse femme vêtue d'une robe bleu de nuit et serrant entre ses mains demeurées menues le missel de sa première communion, avec celle qu'il conservait d'elle, énorme bacchante échevelée et gémissant de plaisir dans l'herbe sèche sous les genêts protecteurs. Il ne se rassasiait pas, la sachant sincère dans les deux cas, de la retrouver si bonne chrétienne après l'avoir tant perdue de plaisir que les flammes de l'enfer ne pouvaient que déjà lui effleurer le derrière.

Un tel jour qu'il se hâtait ainsi, le panama tenu à la main, le veston flottant au vent, vers l'église par le plateau du moulin dont les ailes vrombissaient, il vit poindre au plus loin une troupe en bon ordre qui rutilait sous le soleil de tous ses rouges et de tous ses ors.

Cet équipage de grande allure se composait de six personnages qui marchaient au pas en colonne par deux, précédés d'un père Tasse au teint de pêcher en fleur, qu'un sourire de tendresse éclairait modestement.

Ils étaient tous chargés de la livrée qui signalait les chasses à courre d'autrefois : pantalon couleur feuille-morte, bottes cirées à mort et par là-dessus le long frac rouge à basques retroussées et boutonnées sur du satin noir qui doublait le drap anglais de la redingote. Pareillement coiffés de la bombe noire, ces six aboyeurs portaient en sautoir un cor rutilant qu'ils retenaient de leurs mains en gants blancs.

Afin que l'effet de bonne surprise fût total auprès des gens de Montfuron, le père Tasse était allé les former au loin, semaine après semaine, sur les hauteurs de Sainte-Marguerite, entre le Moulin de la Dame et Régusse (un lieu qu'on appelait aussi le pays de l'amour), enfin des parages oubliés du monde, fiston, et où l'on pouvait donner du cor sans émouvoir âme qui vive.

C'étaient six vieillards ravis de l'aubaine à qui le père Tasse avait pu verser quelques subsides pour leurs menus frais de tabac à priser. Il était allé en cachette commander les habits au Gustave Redortier à Manosque, le dernier tailleur qui fût encore capable d'arrondir les basques de ces fracs si difficiles à équilibrer que les tailleurs d'autrefois y brodaient là leur griffe.

Par un beau dimanche d'automne, sous la direction du père Tasse lui aussi bombant son torse minuscule sous les arabesques des brandebourgs, l'équipage était sorti du clos en fanfare, s'époumonant dans les instruments dont la patine éclatait au soleil avec la même véhémence que les notes qui jaillissaient des pavillons sous les poings fermés. Ces vieillards avaient encore le souffle vert comme si leurs bronches d'octogénaires n'eussent jamais servi.

Tout le bouquet de la rente viagère s'était fané dans cette prodigalité musicale.

Quand Constantin vit devant lui cet arrogant septuor militairement aligné sur un tertre et sonnant le bien-aller à pleins poumons, la nostalgie que le son du cor avait d'abord éveillée en lui fit place à un sombre ressentiment. Derrière le cor aussi grand que lui et qui le dépassait d'une tête, le père Tasse semblait à Florian ricaner narquoisement comme l'avait fait l'arbre, lorsqu'il était allé le compisser.

Cette première rencontre avec cet ensemble

musical empêcha Constantin de goûter pleinement la sortie de l'église où Alix, énorme et légère à la fois, se fondait parmi les dames en col blanc et gantées de filoselle. Le son du cor résonnait dans toutes les poitrines et les Montfuronais ravis souriaient à cette musique qui faisait une fête de leur sortie de messe.

Le curé en cadence sonnait la cloche de l'*ite missa est* et ce mélange de bronze et de cuivres enflait l'air du matin d'une allégresse inoubliable. J'ai entendu ça, fiston, moi qui te parle ! Et si tu savais comme il m'est pénible aujourd'hui, le silence de bon ton qui suit les sorties de messe !

« C'est moi, songeait Constantin avec amertume, qui leur offre ce divertissement de choix ! »

Le miracle se renouvela toutes les semaines régulièrement. Le père Tasse avait de bonnes joues roses de jeune homme. Constantin avait dû prendre sur lui pour lui faire compliment de cette fanfare et Tasse ne lui avait pas laissé ignorer qu'il la devait à ses largesses.

— C'est grâce à vous mon cher que j'ai pu réaliser ce rêve de jeune homme ! Grâce à votre incroyable générosité ! Car, dans le fond, savez-vous, cet argent je n'en ai pas besoin ! Qu'en ai-je à faire moi, pauvre vieillard sans désir ? Il vous profiterait bien mieux à vous qui êtes encore si jeune. Enfin : je divertis les gens d'ici. Je les rends joyeux le dimanche matin ! Et n'est-ce pas l'essentiel pour ma modeste part que de rendre les hommes heureux ?

Là-dessus, il se répandait sur le temps superflu — si si superflu ! — qu'il passait indûment sur cette terre parmi les vivants. Et Constantin captait à travers les paupières mi-closes du vieillard cet éclat moqueur qu'il prenait pour la nique du diable.

Il y avait de quoi le tuer. Constantin y songea à partir de la quatrième année où il attendit en vain. Mais à moins de vouloir se suicider à la guillotine, on n'assassine pas son crédirentier.

Il y avait pourtant un autre homme qui aurait volontiers étouffé le père Tasse entre deux oreillers. Cet homme, c'était le marquis de Dion. Depuis la chapelle à Montjustin où il ouïssait sa messe privée, il avait entendu ce brame décuplé par les échos, qui l'atteignait déjà au fond de l'âme quand il n'était pourtant le fait que d'un seul. Il enfourcha séance tenante son quadricycle à pétrole et, guidé par le son du cor, il fonça soulevant la poussière jusqu'à Montfuron.

Il freina à mort devant le clos du père Tasse. L'insecte de fer fumait de toutes ses soudures. Les yeux glauques de ses phares lui faisaient un regard de sauterelle. Le marquis, quoiqu'il fût devenu automobiliste, avait les jambes en cerceau comme un cavalier de toujours et il avait gardé pour conduire, la cravache dont il énervait autrefois sa monture. Il la serrait cette cravache comme s'il voulait en cingler le visage du père Tasse. Il avait le chapeau cabossé enfoncé sur la tête et la moustache furibonde. Son ennemi venait à peine d'accrocher le cor au tire-fond de la hotte.

— Qu'est-ce que c'est que cet accoutrement ? cria le marquis. Et alors quoi, même le jour du Seigneur tu ne le respectes plus ?

— L'as-tu respecté, toi ? Te souvient-il seulement que c'était un dimanche ? Et je portais cet habit !

Le marquis leva sa cravache.

— C'est ça ! s'exclama le père Tasse en ouvrant

théâtralement les pans de son frac. Finis ton geste pour une fois! Frappe-moi! Ça te fera l'effet de te frapper toi-même!

Le marquis sans force se laissa choir sur une chaise. Il était accablé par ses propres fantômes. Il savait que même s'il cinglait le visage de son vieil adversaire ce serait le vide en quoi sa colère se libérerait en vain.

— Ah! gémit-il. Je ne me souviens que trop!

Le père Tasse le regardait s'effondrer avec joie. Entre eux, lorsqu'ils se rencontraient, il semblait que la passe d'armes oratoire commencée depuis plus de soixante ans n'en finissait pas de cliqueter et s'engageait à chaque fois là où ils l'avaient laissée.

— Cette âme tendre avait une cervelle d'oiseau, disait calmement le père Tasse. Elle nous aimait tous les deux! Combien de fois ne m'en a-t-elle pas fait l'aveu! Toi, tu étais son fidèle soutien...

— «Votre solidité», me disait-elle, murmura le marquis.

— Oui. Et moi j'étais son jardin secret.

Le père Tasse achevait de brosser avec respect la livrée qu'il avait dépouillée. Il ouvrait un placard grinçant où il détachait un cintre afin d'y suspendre la défroque. Il revenait vers la table où il faisait main basse sur le billet de cent francs que, dès son arrivée, le marquis y avait machinalement déposé.

— Quant à ton argent, dit-il, voici ce que j'en fais!

Il avait si longtemps rêvé de ce geste que ce matin, prévoyant la visite de son souffre-douleur, il avait allumé son feu en dépit de la douceur de l'air. Il étendit la main au-dessus du foyer pour laisser s'envoler le billet jusqu'aux flammes de l'âtre.

«Voici donc, se dit Constantin l'âme navrée, à quoi

91

sert ma belle rente ! » Il avait suivi la scène depuis la fenêtre ouverte, accroupi sous l'appui. Il n'eut que le temps de se sauver car les deux antagonistes sortaient en trombe du bastidon, aussi furieux l'un que l'autre et vitupérant. Le père Tasse poursuivit le marquis jusqu'à sa trottinette à pétrole, l'invective à la bouche.

— Je n'ai plus besoin de ton argent ! criait-il. Je sonnerai pour l'amour de Dieu désormais ! Tu entends ? Pour l'amour de Dieu ! Je te poursuivrai jusqu'en enfer !

— Avec ma rente ! grinça à voix basse Constantin ulcéré. C'est facile de faire le jeune homme !

Une certitude se présenta à son esprit. Elle avait mûri à force de suivre la passion avec laquelle ces deux hommes se détestaient. Ils puisaient dans leur vindicte une jouvence surnaturelle qui les gardait de la mort. La haine et l'amour prolongeraient peut-être jusqu'à l'infini leur décrépitude insensible.

« Ils m'enterreront tous les deux ! » se dit Constantin terrifié. Cet homme débonnaire qui n'aimait que son plaisir et bien qu'il fût heureux en amour, commençait à offrir aux Montfuronais le front ridé d'un penseur.

— Ce sont les affaires de la commune qui le préoccupent, se disaient-ils entre eux.

L'un ou l'autre, au cours des saisons, ils avaient tous surpris, sous les genêts opulents des écarts, les amours champêtres de Constantin et de la mairesse. La chose leur avait paru si naturelle qu'ils n'avaient même pas éprouvé le besoin d'en parler entre eux : l'affaire était entendue. Et comme chez la Chaberte Constantin continuait à abreuver largement, il n'y avait pas lieu de se poser d'autres questions.

De plus en plus souvent cependant, Constantin allait tourner autour de l'arbre maléfique pour l'insulter entre ses dents. La fureur qu'il ne pouvait exprimer devant le père Tasse, il la tournait tout entière contre cet innocent qui paraissait le narguer. Certain jour même, il se surprit à distribuer contre le tronc un ou deux coups de pied dont il boita pendant une semaine.

Un jour, il n'eut que le temps de se jeter dans les taillis pour se dissimuler. C'était un soir de brume et de bruine où tous les prunelliers bleus de Montfuron pleuraient la pluie. L'arbre, les rameaux perdus dans le brouillard, s'égouttait lentement. Quelqu'un rôdait autour de lui dans le crépuscule incertain, vêtu d'une pèlerine noire comme en portent les facteurs. Si elle n'avait pas été si grosse, jamais Constantin n'aurait reconnu l'Alix. Elle avait ouvert son imperméable et elle frottait sensuellement son ventre contre le tronc rugueux. Il lui sembla même, mais il était loin et l'amour croit parfois des choses aberrantes, qu'elle poussait de curieux petits cris comme lorsqu'ils étaient ensemble sous les genêts protecteurs. Elle ne lui avait jamais dit que parfois elle venait ainsi rendre hommage, en toute irréalité, à cet arbre prodigieux.

Il ne signala pas sa présence mais il éprouva un étrange sentiment de jalousie comme si une complicité passionnelle unissait Alix et le chêne et comme si, par cette collusion, Constantin se trouvait être plus ou moins cocu. Cela lui fit un motif de plus pour détester ce personnage impassible qui ne vivait que par les sentiments que les humains éprouvaient à son endroit, les uns contre les autres.

Constantin avait entendu dire dans sa jeunesse

qu'un arbre meurt si l'on enfonce des pointes rouillées dans son aubier. Il s'en procura une douzaine et les mit à macérer dans l'eau salée. Quand elles furent à point, il vint une nuit chargé d'une musette lestée d'un gros marteau de chaudronnier. Il soupesa avec satisfaction les gros clous de charpentier qu'il avait préparés et se cracha dans les mains avant de se mettre au travail. Tout alla bien tant que l'acier s'enfonça dans l'écorce épaisse comme un bouchon de champagne, mais quand la pointe du premier clou rencontra le bois, le marteau rebondit dans la main de Constantin. Le clou sonna avec un bruit de cloche et se tordit lamentablement comme s'il eût touché du fer. Obstiné, Constantin essaya ailleurs, sur tout le pourtour du tronc. Partout il rencontra cette âme d'airain probablement due aux souffrances que l'arbre avait endurées lors du coup de foudre qui avait tenté de le partager en deux. Il devait être bardé de bois pétrifié comme ces poutres de bergerie vieilles d'un demi-millénaire que l'on est obligé de percer d'un fer rouge si l'on veut y suspendre quelque houppelande.

Constantin rentra chez lui l'avant-bras meurtri mais raffermi dans l'idée que le chêne était une personne vivante qui le tournait en dérision depuis que, devant lui, il s'était illuminé en vain. Et l'arrogance narquoise du père Tasse, de plus en plus juvénile depuis qu'il sonnait du cor tout son saoul, le confortait dans sa haine insensée.

Il ne pensait plus qu'en fonction de frondaisons vertes ou mordorées, ou alors il rêvait de l'arbre au mois d'avril, quand les chênes sont enfin dépouillés et que sur les crépuscules pointe, innombrable au bout de chaque rameau, la dentelle des bourgeons que le soleil tire vers lui pour les dérouler en feuilles. Une nuit, il s'éveilla en sueur. L'Alix toute nue chevauchait le tronc enfin horizontal mais qui palpitait d'une monstrueuse érection sous les agaceries de cette femme monumentale.

C'est dire que cet homme s'était assombri. L'arbre lui avait empoisonné l'âme et c'est cela qu'il ne lui pardonnait pas. Le temps qu'il lui avait fallu pour éroder son épopée africaine jusqu'à se refaire une peau d'honnête homme s'était écoulé en vain. Il se trouvait de nouveau en état de forfaiture puisqu'il était de nouveau contraint, en la personne du père Tasse qui vivait bien trop longtemps, de souhaiter la mort du prochain. De sorte que si, par hasard, le vieillard disparaissait avant lui, Constantin n'aurait pas le cœur assez léger pour goûter en paix aux bucoliques accessoires que conseillait Horace afin d'atteindre au bonheur.

Cela ne l'empêchait pas d'imaginer, tant l'aberration finit par être logique dans ses extravagants enchaînements, que s'il parvenait à abattre l'arbre, monsieur Tasse, privé de ce soutien maléfique, ne tarderait pas lui aussi à mourir. Mais comment s'y prendre ? Cet arbre n'était pas chez lui. Il était chez Polycarpe Truche et par surcroît il appartenait à sa maîtresse, laquelle paraissait l'aimer tendrement.

Le destin lui vint en aide, du moins le crut-il.

Les choses se nouèrent par l'une de ces nuits comme il y en a tant chez nous, où l'on croit que ni les jours ni les saisons ne s'en tireront jamais vivants ; l'une de ces nuits, fiston, où il n'y a plus par chemins que les gendarmes et leur gibier : de pauvres diables de colporteurs qui vendent de ferme en ferme les allumettes de contrebande ; l'une de ces nuits où l'on est dans les maisons peu sûres comme Noé dans l'arche et se disant : « Est-ce que le monde va revenir ? » ; une nuit où à l'écurie les chevaux soufflent des nasaux sans hennir et où l'on sent qu'ils viendraient volontiers monter la garde autour des lits si seulement on leur ouvrait la porte ; une nuit enfin et ça, fiston, je l'ai vu de mes yeux, où, chez le meunier, tout le monde est mobilisé, y compris le *caquois* de six ans, pour désentoiler les antennes des ailes comme on arise les voiles d'un navire, sous peine que la tempête n'emporte le moulin à vent tout entier. Enfin, tu vois, ce genre de nuit... Je te la décris par le menu parce qu'il faut tout cela pour qu'un couple de paysans se réveille vers deux heures du matin.

La veille au soir, l'Alix et le Polycarpe avaient été saisis par le sommeil comme ils le seraient un jour par la mort, c'est-à-dire : le visage regardant le plafond, les pieds bien joints, les mains croisées sur la poitrine par les doigts entrelacés et loin, très loin, l'un de l'autre dans le vaste lit.

Ils reprirent conscience en un sursaut de garde-à-vous, les orteils recroquevillés par l'angoisse sous l'édredon. Ils étaient encore aveuglés par l'éclair qui les avait tirés du néant et dont, après coup bien sûr, ils avaient bien cru qu'il partageait la maison en deux. Une effroyable odeur de suie fermentée avait envahi l'air de la chambre, chassant le parfum de lavande sèche qui suintait par les portes des armoires.

Depuis que sa femme avait tant grossi, le maigre Polycarpe reposait à côté d'elle comme en état de lévitation. Il avait beau s'arrimer le plus loin possible, de manière à être en porte à faux sur le bois latéral du lit, le poids qu'elle pesait creusait sous Alix le matelas en écrasant les ressorts du sommier et cette masse inerte soulevait l'autre côté de la literie, de sorte que le conjoint surplombait la conjointe abîmée en contrebas.

— Tu dors ? demanda Polycarpe.

— Qu'est-ce que tu veux que je dorme avec ce vacarme ? gronda l'Alix.

Depuis qu'il l'avait accusée d'avoir grossi, ils ne se parlaient plus qu'à pleine tête.

— Parce que si tu dors pas, je vais te dire quelque chose : j'ai envie de vendre la truffière de Bourne. D'une, elle est vieille, elle rapporte plus rien, de deux il y a là-dedans cinq ou six voies de bon bois dur. Il paraît même du bois de charpente. Et comme il faut que nous remplacions la tomobile...

Il n'obtint d'abord aucune réponse. C'était le silence de l'autre côté du lit. Seuls miaulaient leur plainte scandalisée les éléments au-dehors qui broyaient les ténèbres dans leur tumulte.

— Tu comprends, plaida le Polycarpe, bientôt c'est les élections, je vais avoir besoin d'argent pour payer à boire. Il faut s'y prendre de bonne heure. Cet enfant de pute de marquis de Dion, il a déjà commencé lui ! Et d'ailleurs pour ne pas que ce soit le dit, qu'on est obligé de réaliser, j'ai vendu la parcelle au vieux Savouillan, d'Ongles, la discrétion en personne. Il n'enverra pas ses bûcherons tout de suite. Il m'a promis d'attendre jusqu'après les élections.

Il mentait à tout va. Il n'avait pas besoin d'argent et il n'était pas vrai que la vieille truffière fût soudain devenue stérile. On en levait toujours cent ou cent cinquante kilos, les bonnes années et notamment — en contradiction avec l'opinion qui veut qu'on ne récolte que sous les arbres jeunes — autour de cet enfant de pute d'arbre flamboyant.

Tout était faux dans son discours, seulement il lui était arrivé une histoire que jamais, pour un empire — elle aurait été bien trop contente —, il n'aurait révélée à l'Alix. Et cependant, tandis qu'il lui racontait tout autre chose, c'était cette péripétie qu'il revivait dans sa tête en un long monologue.

« Tu comprends, aurait-il voulu lui dire, quand il vous arrive une aventure pareille, on n'a pas envie de s'en vanter : c'était il n'y a pas huit jours. J'étais avec le curé. On discutait de la réfection du toit de l'église. On déambulait de conserve sur le vieux chemin du pont romain, qui passe juste sous cet arbre que, soi-disant, tu te plaignais d'avoir été escroquée parce que, soi-disant, depuis que tu es mariée avec moi, il n'a jamais plus flambé. Eh bien sois contente ! Il flambe encore justement ! On venait de le dépasser cet arbre, tous les deux, avec le curé. Et tout d'un coup, ce curé, je l'ai plus vu ! Tout en continuant à discuter tout seul, je l'avais semé à vingt pas de là ! Quand je me suis retourné, je l'ai vu sidéré sur place et il n'arrêtait pas de faire le signe de la croix. Il ne me regardait pas d'ailleurs, il regardait cet arbre comme s'il n'en avait jamais vu de sa vie. Oh j'ai tout de suite compris ! Cette histoire de l'homme qui marche sous l'arbre avec un compagnon et qui tout d'un coup se trouve seul parce que l'autre a été transformé en statue de sel par l'étonnement, cette histoire-là, peut-être vingt fois ma pauvre mère me l'avait racontée.

« C'est dur, à quarante-cinq ans, d'apprendre à brûle-pourpoint qu'on va mourir dans les six mois. Et j'avais beau n'y pas croire, je savais de science sûre que l'arbre ne s'était jamais trompé. C'était la certitude que l'expérience nous avait donnée dans la famille. Ce que j'espérais, car moi, bien entendu, je n'avais rien vu, c'était que le curé ne s'était pas arrêté parce qu'il voyait flamber l'arbre mais pour tout autre raison. Mais j'avais tort d'espérer ! Trois jours peut-être à peine après cet événement, le curé m'agrippe par le bras, le dimanche, à la sortie de la messe. Il me dit : "Polycarpe, je vais te parler comme au jour de ton baptême. Tu dois penser au salut de ton âme ! — Déjà vous croyez ?" Il hoche la tête affirmativement. Il me dit : "Nous ne savons ni le jour ni l'heure, mais pour toi, moi je le sais ! — Vous n'allez pas me dire que c'est parce que vous avez vu brûler l'arbre le jour où nous étions ensemble ?" Il acquiesce encore une fois et il me dit : "Je n'y crois pas bien sûr et je pense comme toi que ce sont des diableries. Mais s'il y avait une chance pour que la divine providence nous mette en garde ? Qu'elle nous autorise — ce qui n'arrive pas souvent ! — à régler nos affaires de conscience avant le grand départ ? Tu te vois arriver devant le Seigneur avec une conscience sale comme un peigne ? Et après vingt ans de mairie, Polycarpe, ça m'étonnerait qu'elle soit bien nette !" Il me dit tout ça à brûle-pourpoint et, là-dessus, il me traîne au confessionnal comme une bête à l'abattoir !

« Je lui raconte tout, naturellement — quoi faire quand on a six mois à vivre ? Et tout d'un coup, il me vient une idée lumineuse et je la lui dis au curé : "Mon père ! Et si je l'abattais cet arbre maudit, vous ne croyez pas que ça me serait compté ?" Il ne me dit ni oui ni non, mais j'ai lu un grand encouragement dans son silence. Alors... »

Alors il avait conclu de cet accord tacite que peut-être une fois l'arbre abattu et les prières du curé aidant, la colère de Dieu se détournerait de ce coin de terre et que lui, Polycarpe, en réchapperait miraculeusement. Après tout, ce ne serait pas la première fois au monde que Dieu se contenterait d'un truchement. Aussi avait-il proposé la parcelle de Bourne au vieux Savouillan pour une bouchée de pain car, pour d'inexplicables raisons qui tenaient sans doute, elles aussi, à la superstition, il répugnait à procéder de ses propres mains au sacrifice de l'arbre.

Il y avait maintenant des semaines qu'il différait d'en parler à l'Alix tant il savait qu'elle tenait à son arbre. Il avait fallu l'occasion de cette nuit où ils s'étaient réveillés tous les deux ensemble au bruit de ce gros coup de foudre.

— Qu'est-ce que tu en penses? dit-il inquiet de constater que le mutisme de sa conjointe se prolongeait.

— J'en pense, répondit l'Alix calmement, que pour vendre n'importe quoi il te faut mon consentement.

— Et alors?

— Et alors tu peux courir!

Elle retourna son poids d'un seul élan vers la ruelle pour présenter son dos au Polycarpe. Il n'eut que le temps de se cramponner au rouleau du chevet pour ne pas lui tomber dessus. Après les paroles qu'elle venait de prononcer, ce n'était certes pas le moment de se blottir contre elle.

Il la connaissait bien depuis le temps qu'ils étaient

mariés. Elle avait beau avoir engraissé, son caractère était toujours aussi pointu. C'était une femme qui ne discutait jamais. Elle disait oui ou non, un point c'est tout. Il fallait se le tenir pour dit.

En temps ordinaire, il eût essayé patiemment de la convaincre, mais il voyait la mort au détour de l'année qui venait et il s'était ancré dans la *bane* l'idée que c'était une course de vitesse entre l'arbre et lui. Quand la panique s'en mêle, fiston, le bon sens s'évanouit. Dès cette nuit-là, le Polycarpe se mit à caresser l'idée que l'Alix n'était plus de ce monde. De l'autre côté du lit, l'Alix, elle aussi, était en train de supprimer le Polycarpe. Son arbre! Il voulait abattre son arbre! La seule chose au monde, peut-être, à laquelle elle tînt vraiment. «Je l'abattrai avant, lui!» se promit-elle.

La nuit ne leur porta pas conseil. Le guet commença entre eux séance tenante, mais il avait l'avantage d'imaginer que le temps pressait, alors qu'elle croyait avoir tout le sien devant elle. Cette ignorance faillit lui coûter la vie. Elle s'était dit: «Attendons l'automne. J'irai aux champignons et je confondrai les espèces. Il les aime presque carbonisés et moi presque crus, de sorte qu'il est de notoriété publique que je les fais cuire à part.» Quant au Polycarpe, lui, il avait pris ses mesures pour la fenaison.

Un jour où ils étaient absorbés tous les deux par le travail qui pressait, l'Alix qui ne se méfiait pas reçut une bourrade alors qu'elle était debout au bord de la fenêtre sans appui du grenier. Ils engrangeaient la récolte. Six mètres plus bas, la charrette hérissée de deux fourches en fer attendait d'être déchargée. Par chance, l'Alix tomba entre les deux fourches pourtant artistement disposées pour qu'elle s'y empalât. Sa masse disparut dans le foin jusqu'à y étouffer. Elle entendit le Polycarpe crier à l'accident. Il descendit à fond de train, écarta le foin pour permettre à l'Alix de respirer.

— Tu m'a fait une brave peur! dit-il.

Elle ne fit pas état de la bourrade.

Là-dessus, le vieux Savouillan vint se récuser. Il vint, patelin et cauteleux, frottant ses courtes mains l'une contre l'autre, bien équilibré sur sa chaise par son ventre replet. Il venait expliquer les fausses raisons pour lesquelles il ne pouvait pas *faire la pache.*

— On ne trouve plus personne, dit-il, pour abattre d'aussi gros arbres. Il faudrait faire venir des Piémontais, que Dieu garde! Ce sont gens batailleurs qu'il vaut mieux ne pas introduire à Montfuron!

En réalité un anonyme avait fait exprès le trajet de Montfuron à Ongles pour lui chuchoter la légende du chêne que l'on taisait honteusement jusque-là et le prévenir que s'il s'attaquait à un tel sortilège il risquait de n'en pas être le bon marchand.

Polycarpe comprit tout de suite le sens de cette dérobade et il se douta que le messager venait de la part de l'Alix. L'idée de la supprimer d'extrême urgence ne le quitta plus désormais.

Mais la chose était délicate. Tu sais, fiston, ce Truche, l'art du crime de haut vol, il ne le connaissait que par atavisme. Il n'en avait jamais usé. Ses arrière-grands-parents en avaient peut-être eu besoin jadis dans ces fermes au tonnerre de Dieu où il mûrissait parfois trente ans durant avant d'être perpétré, où il était d'autant plus rare qu'il n'avait jamais l'air d'en être un. Aussi, pour une situation cruciale qui réclamait une prompte solution, était-il un peu pris de court.

Sur ces entrefaites, il arriva à Montfuron une lettre qui éblouit littéralement le Philibert, le facteur. Elle portait en suscription cette prestigieuse formule imprimée en anglaises aériennes : *La présidence de la République*. Le Philibert l'apporta à bout de bras, pincée entre deux doigts pour ne pas la salir jusqu'au Polycarpe, son destinataire : *Monsieur le maire de Montfuron (Basses-Alpes).*

C'était une invitation pour une grande journée républicaine : le gouvernement conviait les quatorze mille maires de France à venir banqueter parmi les boulingrins des jardins de Versailles.

Il y eut, depuis que la nouvelle fut connue et jusqu'à l'événement, quatorze mille hommes en France qui se virent en roi-soleil : majestueux et redressés d'un pied quelle que fût leur taille. Le Polycarpe se fit faire chez Redortier un complet couleur anthracite et rapporta de chez le chapelier Stéphane un couvre-chef de notable qui prouvait à n'en pas douter l'homme de qualité. Il refusa toutefois les gants que lui proposait son conscrit, le chemisier Victorin. Il avait presque oublié la prédiction de l'arbre, quand il partit pour Paris. Afin de s'assurer en personne que ce départ avait bien lieu, monsieur Constantin accompagna Polycarpe jusqu'à la gare de Manosque où trente maires s'étaient cependant rassemblés. Le marquis de Dion qui vit de loin la poussière soulevée par l'attelage en mangeait ses moustaches de dépit. Comme s'il n'aurait pas fait meilleure figure lui, sur les boulingrins de Versailles, au lieu que ce mirliflore !

Le soir même, l'Alix ne fit qu'un saut jusque chez

son amant. C'était encore une nuit extraordinaire mais fourmillante d'étoiles et où le gel pétillait. Ils n'avaient jamais connu, l'un avec l'autre, les oaristys des ténèbres, s'étant toujours contentés de quelques rencontres furtives sous les genêts. Le lit de Constantin n'était guère plus large que celui du père Tasse. Ils y firent néanmoins des prodiges. Ils se plurent *tant et plus* comme on dit ici. Quand ils furent un peu essoufflés, ils parlèrent. Elle parla.

L'incident du grenier et sa chute sur la charrette de foin l'avaient estomaquée. Elle se croyait naïvement seule capable de nourrir des idées de meurtre. Elle n'avait jamais pu, depuis des semaines et des mois que l'événement s'était produit, s'en ouvrir à personne. Elle le fit avec abondance pour Constantin.

— Je sens qu'il calcule pour me tuer. Il lui passe mille idées en tête, les unes fulgurantes, les autres qui demandent réflexion. Il est autour de moi comme un chat autour d'un poisson sur la braise : il se demande comment m'éteindre sans se brûler.

C'était exactement à ces sortes de rêves que se livrait monsieur Constantin aux dépens de son crédirentier. Il fallait que pour en arriver là le Polycarpe eût de bien pressantes raisons dont l'Alix ne semblait pas disposée à parler.

Il lui prit les mains.

— Mais enfin pourquoi voudrait-il vous supprimer ? Il a découvert quelque chose à notre sujet ?

— Non ! Que Dieu garde !

— Mais alors ?

— C'est à cause de l'arbre. Vous savez bien ? Cet arbre dont je vous ai parlé. Cet arbre que vous m'avez dit que vous l'aviez vu brûler et que moi j'ai jamais pu le voir. Cet arbre que j'aime tant. Vous savez bien !

— Oui. Je me souviens bien sûr ! Mais que veut-il lui faire à votre arbre ?

— L'abattre !

Il la sentit frissonner contre lui en prononçant ces mots : un long frisson de bête blessée qui attend le coup de grâce du chasseur. Il aurait dû enregistrer ce frisson comme un avertissement, mais il n'y a pas que l'amour pour être aveugle, la haine l'est aussi.

« L'abattre ! » Ce mot qui correspondait si bien à son propre désir lui procurait une bouffée de joie qui aurait dû être visible sur son visage si la nuit n'avait été aussi noire dans l'alcôve.

Elle lui serrait les poignets avec force.

— Oui, dit-elle. Il veut vendre la parcelle à un maquignon ! Il a besoin de sous pour sa politique. Et il a trouvé ça : vendre mon arbre pour qu'on en fasse du bois ! Mais pour ça il lui faudra me passer sur le corps ! Il le sait et c'est pour ça qu'il veut m'assassiner !

Elle s'accrochait à son amant comme une désespérée et il lui tapotait doucement ses énormes fesses pour la consoler, mais toutes sortes d'idées se bousculaient dans son cerveau, toutes plus riantes les unes que les autres.

Pendant les trois nuits que le Polycarpe passa encore à Paris, entre les grands moments où se parler eût été sacrilège, Constantin confessa doucement Alix sur toute son existence. C'était une de ces vies de pauvre femme qui n'a jamais connu qu'un seul homme et qui dès lors en est réduite à s'inventer des histoires puisque personne ne lui en raconte.

Elle lui parla de l'arbre comme d'un amant qu'elle aurait eu avant lui. Elle lui avoua même, et il en fut heureux, ce qu'il avait surpris : que certaines nuits elle était allée frotter son corps contre l'écorce du chêne.

— Vous me croyez folle ? dit-elle.

— Non non ! Que Dieu garde ! Vous avez l'âme romantique, c'est tout !

Elle dit que cet arbre aux sortilèges avait été la seule chose de sa vie qui sortît de l'ordinaire et que ce n'est pas rien qu'une chose qui sort de l'ordinaire. Bref. On peut dire que les avertissements passionnés ne manquèrent pas à Constantin et que ça aurait dû être en toute connaissance de cause qu'à l'issue de la troisième nuit, il prit les mains de l'Alix entre les siennes pour lui dire :

— Je ne vois qu'un seul moyen, Alix, de détourner la colère du Polycarpe : c'est que vous acceptiez de vendre la parcelle !

— Jamais ! cria-t-elle. Comment osez-vous ?

Elle lui retira ses mains qu'il reprit doucement.

— Et que ce soit moi qui l'achète ! acheva-t-il. Vous avez confiance en moi ?

Elle baissa la tête et fit un peu la chatte autour de son amant.

— Alors voilà ce que nous allons faire. Après, vous n'aurez plus jamais peur et nous coulerons des jours heureux.

Il alla chercher à la gare le maire ébloui par Paris et qui s'écarta légèrement sur la banquette de ce Montfuronais, lequel, quoique d'adoption, sentait un peu la bique comme nous tous. La dimension de Montfuron et de ses gens, vus de Paris d'où il n'était pas tout à fait revenu, lui paraissait dérisoire au Polycarpe. Durant le temps qu'il y avait passé, glissant de réception en réception, se risquant même à quelque polka, des ambitions de conseiller général lui étaient venues. Il s'était abouché avec ce parti dont le marquis de Dion se targuait d'être un pilier. Il revenait la tête farcie de trames souterraines mûries dans la promiscuité enivrante de femmes minces, parfumées et bienveillantes.

Toutefois, ces agapes avaient été troublées par quelque indigestion prolongée qui lui avait interdit de goûter pleinement à la chère exquise et qui depuis lui laissait dans la bouche quelques renvois d'œuf pourri. Sitôt qu'il mit le pied sur le quai de la gare, le souvenir de l'arbre et de l'Alix l'assombrit à nouveau.

Constantin décida de ne pas laisser traîner les choses et dès que l'attelage s'ébranla il lui ouvrit son cœur.

— Monsieur Truche, je vais vous faire une confession.

Et il lui raconta le tour pendable que l'arbre lui avait joué. À mesure qu'il dévoilait au maire l'immense supercherie dont il avait été victime, le cœur de Polycarpe se dilatait de joie.

— Quatre ans, dites-vous ? Il y a donc quatre ans que vous avez vu brûler l'arbre en compagnie du père Tasse ?

— Quatre ans et quatre mois ! Je vous en donne ma parole

— Mais alors ! s'exclama le maire.

Il avait posé sa main sur la cuisse de son compagnon

pour la serrer avec force. Il la retira précipitamment et se mordit les lèvres. Il ne pouvait pas lui dire :

« Mais alors c'est une escroquerie ! Mais alors j'ai eu tort de raconter ma vie au curé ! Mais alors ce n'est pas vrai que je vais mourir dans les six mois ! Mais alors je serai conseiller général ! »

Il ne se tenait plus de joie.

— Je veux que vous me vendiez la parcelle qui contient cet arbre ! dit Constantin avec passion. Il est la cause de ma ruine prochaine ! Je le réduirai en bûches ! Je saurai ce qu'il a dans le tronc ! Je le brûlerai petit à petit dans ma cheminée !

Il oubliait qu'il n'en avait pas et que ce ne serait pas demain que celle du père Tasse serait sienne.

— Ah ! s'exclama Polycarpe. Vous avez eu grand tort de croire à ces sornettes ! Voyons ! Un homme éclairé comme vous ! Si au moins vous m'aviez consulté !

Le gros bon sens lui revenait maintenant qu'il n'avait plus peur.

— N'oubliez pas, dit Constantin vexé, que je l'ai vu brûler, moi ! De mes propres yeux !

— Vous vendre, vous vendre..., dit Polycarpe. C'est vite dit. Mais d'abord, il faut que j'en parle à ma femme.

— Non non ! Surtout pas ! Vous allez me couvrir de ridicule !

— Je ne lui parlerai pas de votre histoire bien sûr ! Moi non plus je ne tiens pas à me couvrir de ridicule.

— On ne sait jamais. Une confidence sur l'oreiller c'est vite fait !

— Rassurez-vous : entre nous il n'y a plus d'oreiller. Elle est trop grosse ! proféra-t-il avec mépris.

Constantin reçut comme une douche froide ce camouflet à ses préférences secrètes. L'homme n'est jamais très assuré sur ses assises. Et parfois il suffit d'un coup porté à l'improviste pour le faire tourner comme une girouette. Il se demanda en un éclair s'il ne devrait pas voir un peu du côté de la Chaberte, savoir si la maigreur ne pouvait pas être, elle aussi, source de volupté. Mais très vite son obsession le rattrapa.

— Je vous payerai un bon prix ! dit-il.

Et il ajouta tirant au jugé :

— Et si vous voulez devenir conseiller général, je vous aiderai de mon influence.

Il n'en avait aucune, mais il s'était entouré d'assez de mystère pour paraître n'en pas manquer.

— Nous verrons cela ! dit Polycarpe.

Du moment que les sentences de l'arbre étaient des sornettes, il n'y avait plus lieu d'être tant pressé. Seulement, il nourrissait une inquiétude physique qui lui interdisait de se livrer sans retenue à son soulagement. Les renvois d'œuf pourri persistaient. Il avait l'impression désagréable de contenir un égout entre les parois de son ventre. Les confortables petits déjeuners à coups d'andouillette et de vin de jacquez, il ne les appréciait plus. Bientôt, il se contenta d'un café noir sans sucre. Le spectre de l'arbre flamboyant aux yeux du curé reparut devant lui.

— Tu sais, Alix, pour la question de la parcelle...

— Je t'ai déjà dit non !

— Je sais. Mais j'ai une proposition sérieuse de monsieur Constantin et lui, ton arbre, il n'y touchera pas. Il achète la truffière, m'a-t-il dit, parce qu'il adore les truffes et qu'il y en aura toujours assez pour lui et ses amis.

L'Alix fit silence pendant un laps de temps raisonnable.

— Nous verrons cela. dit-elle.

Elle n'avait pas dit non ! Mais il fallait la forcer car, croyait-il, le temps pressait. Il était de nouveau sans illusion. Le père Tasse était toujours en vie, soit ! Mais cela n'impliquait pas nécessairement que lui, Polycarpe, le fût longtemps encore. Les oracles, songeait-il, obéissent à la loi commune, ils ne sont pas infaillibles. Le soir du conseil, il dit à Constantin :

— Je crois que nous allons pouvoir faire la pache pour la parcelle. L'Alix n'a pas dit non.

Constantin alla tourner autour de l'arbre. Il vérifia s'il était bien seul avec lui et il lui dit :

— Attends un peu, pauvre pute ! Tu peux savourer ton dernier automne. Ça m'étonnerait que l'hiver prochain tu ne brûles pas dans mon feu ! Pour de bon cette fois.

Il alla l'arroser d'urine incantatoire en tournant autour de son tronc la braguette ouverte.

Là-dessus, il y eut les élections et Polycarpe les perdit. Il n'avait plus peut-être assez bonne mine. Les Montfuronais qui lui avaient connu la taille si bien prise le regardaient soupçonneusement s'affaisser. Que faire d'un maire malade ?

La vérité c'était que le marquis de Dion avait soudoyé les trois plus gros électeurs de Polycarpe. Des familles de huit enfants où il y avait parfois jusqu'à cinq électeurs et où le grand-père régnait en maître. On vit longtemps ces grands-pères se promener fièrement sur ces sauterelles à pétrole couleur de prairie que le frère du marquis fabriquait par douzaines. Mais surtout, par un coup de génie et quoique à son cœur défendant, un jour où il arrivait chez son ennemi après l'aubade, il avait adoubé le père Tasse en lui posant sa main sur l'épaule :

— Tu seras mon premier adjoint !

Depuis qu'il donnait le dimanche matin ces concerts eclatants sur l'esplanade du moulin, Tasse avait cessé d'être le père Tasse. On lui disait monsieur. Montfuron le tenait pour une manière de mécène et la grande allure de son septuor de cuivres l'auréolait d'une sorte de gloire. Sa présence sur la liste du marquis fit basculer la majorité.

La défaite de Polycarpe précipita sa fin, fit grossir l'Alix encore un peu plus et jeta Constantin dans les transes. Si Polycarpe mourait, l'arbre lui échappait, la veuve n'avait plus aucune raison de vendre. Il conseilla à Alix d'appeler le médecin.

Il vint le Dr Parini qui n'avait pas encore de voiture à pétrole, soucieux de garder tout son sérieux auprès de sa pratique. Polycarpe tournait autour de la salle à manger les mains occupées à empêcher son pantalon de descendre sur ses chevilles, tant il avait maigri.

— Couche-toi ! dit le médecin.

— Oïe ! Qu'est-ce que vous voulez que je me couche ?

— Si tu veux pas te coucher, allonge-toi sur le canapé. Il faut que je t'ausculte.

— Il a eu un gros sang-bouillant, dit l'Alix. Vous pensez : maire de père en fils depuis quatre-vingts ans et tout d'un coup pfft ! Plus rien !

— Ah oui ! ricana Parini. Ça en est un ça, effectivement, de sang-bouillant ! Tu peux le dire !

Quand il eut enfin Polycarpe à sa merci, il lui toqua

le ventre et l'estomac pendant cinq bonnes minutes. Il le lui malaxa de toutes les façons. Parfois Polycarpe poussait un cri vite réprimé. Puis, contre ce même abdomen, à travers le linge bien propre qu'on avait étendu sur la nudité du patient, Parini appliqua cette oreille indiscrète d'homme qui écoute aux portes. Alix s'agenouilla au pied du canapé. De là, en se penchant un peu elle put saisir le regard du médecin à travers son lorgnon. Elle y vit la mort inscrite. « Bateau ! se dit-elle. Plus besoin de vendre à qui que ce soit. » Le dimanche, à la sortie de la messe, elle s'ouvrit au curé de la sentence du médecin.

— Il m'a dit : «Quatre mois, six mois, pas plus.» Il faisait tourner sa main ouverte comme s'il pesait le délai véritable.

Le curé hocha la tête.

— Ma pauvre Alix, je devrais pas te dire ça parce que ce n'est guère chrétien, mais... Moi, ça fait un moment que je le sais.

Il lui raconta son passage sous l'arbre en compagnie de Polycarpe. L'Alix frissonna à la pensée du danger auquel son cher arbre venait d'échapper. « C'était pour ça, pardi, qu'il voulait vendre ! Il voulait se venger de lui ! » Quand elle revit son amant et qu'il lui toucha deux mots de la vente :

— Oh vous savez, lui dit-elle, le Polycarpe est à l'article de la mort ! Je crois, le pauvre, que l'arbre il n'y songe même plus !

Elle lui caressa tendrement les cheveux.

— Je crois que bientôt, dit-elle, nous pourrons nous dire tu !

Constantin en demeura flasque tout un après-midi. Sous l'abri des genêts, leur précaire cachette depuis que Polycarpe ne quittait plus la chambre et qu'elle ne pouvait plus guère le laisser seul, elle eut beau l'agacer, il demeura rêveur, la main distraitement posée au creux des rondeurs de l'Alix. L'érotisme avait un goût de cendre pour lui depuis qu'il voyait sa vengeance lui échapper et le clos du père Tasse placé à une éternité de sa convoitise.

Le destin encore une fois lui vint obligeamment en aide, du moins le crut-il.

Le Polycarpe, un beau matin, se trouva bénéficier d'une de ces cruelles rémissions dont cette maladie a le secret. Son obsession le reprit avec l'espérance. Qui sait? Il n'était peut-être pas trop tard? Mais il fallait de toute urgence que l'arbre fût abattu. Or, l'Alix atermoyait toujours. Il décida d'en finir avec elle. Il profita d'un matin où elle distribuait la pâtée à la basse-cour pour lever la clenche de l'écurie où l'étalon rongeait son frein. C'était une bête couleur bleu acier qui ne supportait pas l'odeur de la femme. L'Alix se le trouva devant, nasaux fumants, levé sur ses fers arrière et dardant vers elle ses énormes sabots.

— Pauvre pute! marmonnait le Polycarpe.

Il suivait la scène à travers les vitres embuées de la cuisine. L'Alix fut sauvée par ses oies qui l'escortaient benoîtement, espérant la bassine de son qu'elle tenait sous le bras.

Quinze oies en colère c'est toute la méchanceté humaine mise à nu dans l'innocence animale. Elles profitèrent de ce que l'étalon était debout comme un homme pour lui voler dans les parties basses. Il fit volte-face vers l'écurie en éclopant deux ou trois volatiles. Elles le suivirent. Il neigeait des plumes dans le courtil comme si l'on avait éventré un édredon. Mais rien d'autre que la mort ne peut arrêter un troupeau d'oies courroucées. Elles s'élevaient dans l'air, entraînées par le jars jusqu'à la hauteur des solives de l'étable. Leur bec meurtrier sifflait autour des yeux de l'étalon. Leurs blancheurs accordées déployaient devant l'Alix une immense aile d'ange. Elle bondit vers la porte dont elle abattit la clenche.

Toute tremblante, elle arriva en trombe au rendez-vous précaire où Constantin l'attendait sous le berceau des genêts. Elle se jeta contre lui et il s'effondra sous cet élan sur le divan d'herbe sèche.

— Il va mieux ! cria-t-elle. Il a encore voulu me tuer !

— Vous voyez bien, ma pauvre Alix, que rien n'est encore dit !

Il se dépensa en prodiges érotiques et pendant ces transports, à un beau moment, il proféra qu'il l'aimait. C'était la première fois dans la vie de l'Alix qu'on lui assenait ce mot. Il la désarma de toute méfiance mieux que le plaisir qu'elle éprouvait alors.

— Ce n'est pas vous, n'est-ce pas, mon cher Florian, qui attenteriez à mes jours ?

Il l'embrassa avec passion.

— Vous êtes la prunelle de mes yeux ! dit-il. Mais je vous en supplie ! Vendez-moi la parcelle ! Vous voyez bien ce qui arrive déjà ! Et si jamais il se remettait pour de bon ? On ne sait jamais ! C'est alors que nous serions propres !

Ils traînèrent chez le notaire un Polycarpe plein d'espérance. Il allait enfin régler son compte à l'oracle par le truchement de monsieur Constantin lequel, lui aussi, avait tant de raisons de le haïr.

Ils l'avaient calé entre eux sur la banquette du tilbury dont les fesses de l'Alix occupaient les deux tiers. Son col de celluloïd battait la chamade autour de ses fanons décharnés.

Mᵉ Borel les regarda tous les trois par-dessus ses lunettes avec cet air de juge d'enfer qui comprend tout en un clin d'œil, lequel est le privilège des notaires.

— Vous êtes bien décidés ? Vous ne voulez pas vous dédire ?

Aveuglés par leurs passions c'était tout juste s'ils l'apercevaient. Ils branlèrent du chef tous les trois ensemble. Oui ils étaient bien décidés. Non ils ne voulaient pas se dédire. Constantin déposa entre les mains de l'officier ministériel la contre-valeur du prix exorbitant qu'il venait de payer sa future victime. Après cela, il ne lui resterait plus que trois sacs d'or. C'était l'hospice au bout du chemin si le père Tasse ne disparaissait pas promptement.

Il crut avoir réglé le sort de l'oracle félon. C'était le sien propre qu'il venait de sceller. Ils se jetèrent sur les porte-plume comme des affamés sur un bol de soupe, paraphant à tour de bras, reprenant à grand bruit de l'encre dans l'encrier pour l'ultime signature.

Après cela, il ne fallut pas huit jours au Polycarpe pour qu'il mourût. Il en est toujours ainsi dans cette maladie : soudain elle vous lâche mais c'est pour reprendre élan et vous pousser plus fort.

Ses obsèques eurent fière allure. Le septuor du père Tasse en grande tenue rendit les honneurs et, à l'église, suppléa à l'orgue hors d'usage. Les sept cors tonitruants firent trémuler les vitraux dans leurs plombs.

Il y avait cinq semaines que, en prévision de cet événement attendu, le père Tasse faisait répéter ses vieillards. Le marquis de Dion qui inaugurait cette écharpe dont le tricolore lui mettait la mort dans l'âme, le marquis de Dion en prit plein les oreilles et plein le cœur. Il reconnut sans peine la musique divine qui accompagnait son mariage, quand il avait épousé, voici plus d'un demi-siècle, cette amazone aux cheveux roux dont il ne pouvait ôter de sa conscience le sang qui éclaboussait sa robe verte aux soixante-dix boutons, la dernière fois qu'il l'avait vue vivante.

— Tu m'avais dit, gémit-il, que tu te contenterais de jouer des airs de chasse ?

— Ah ! s'exclama Tasse. L'occasion était trop belle de te rafraîchir la mémoire.

Monsieur Constantin reçut lui aussi cette musique en plein front, tanguant de tout son être comme un homme ivre, les mains tremblantes sous les gants beurre frais. La dimension du minuscule père Tasse — dont il était pourtant de plus en plus certain qu'il l'avait sciemment escroqué — lui apparut intimidante et comme faisant partie d'une autre essence que celle du commun des mortels.

S'il en avait encore été au stade d'innocence qui était le sien voici vingt ans, dans l'ergastule exotique où la rencontre d'Horace l'avait ébloui, peut-être son cœur pacifié eût-il pardonné à l'arbre. Mais il avait l'impression qu'un personnage nouveau né tout entier de Montfuron et de ses étranges histoires le forçait à jouer un rôle qui n'aurait pas dû être le sien. Il se souvenait du grand hasard, de la grande incertitude qui l'avaient fait s'arrêter ici au lieu de poursuivre vers Manosque. Il avait maintenant la conviction d'avoir abandonné les rênes à sa monture à la croisée des chemins et que, les yeux fermés, il avait laissé à celle-ci le soin de choisir son destin.

Il s'avança vers le sonneur presque avec déférence.

— C'était quoi, monsieur Tasse, ce que vous nous avez joué là ?

Le père Tasse le regarda pour la première fois avec une condescendance infinie.

— C'était de Jean-Sébastien Bach, monsieur Constantin, mais c'est moi qui l'ai arrangé pour cor.

Florian observa longuement l'énorme veuve entoilée dans ses gazes noires et qui tâtait de ses mitaines le bois du cercueil comme pour s'assurer qu'il était bien fermé. La musique qu'il venait d'entendre l'avait impressionné de telle sorte que pour la première fois l'Alix lui parut trop grosse. Toutefois, il songeait que maintenant que ses ressources s'épuisaient à cause de cette rente sempiternelle, il serait peut-être judicieux de l'épouser.

Pourtant son idée obsessionnelle l'empêchait d'avoir une vue saine de ses sentiments. Il lui fallait d'abord et en toute hâte régler le sort de l'arbre puisque celui-ci était à sa merci.

Dès le lendemain de l'enterrement, il alla l'examiner de près pour prendre ses mesures. Il comprit tout de suite que ses mains soignées et ses soixante-dix kilos d'homme svelte ne pèseraient pas lourd contre les cinq mètres de circonférence du tronc par lequel le chêne était enté dans la terre. « Je vais voir le Marceau Kléber », se dit-il.

Ce Marceau Kléber était un mastodonte presque aussi imposant que l'Alix, épais comme un taureau et sans hanches ni cou. Sa tête était directement vissée sur ses épaules en forme de joug de bœuf. Disgracieux et pataud, c'était pourtant le plus redoutable abatteur d'arbres du canton.

Il n'aimait que la forêt au monde, dès qu'il en entendait le nom ses narines frémissaient comme celles d'un chien de chasse, seulement il l'aimait à la façon dont les bouchers aiment l'agneau. Il n'était content que les doigts poissés de sève comme les bouchers les ont de sang. Les arbres se taisaient lorsqu'il passait au-dessous d'eux, n'osant même plus bruisser dans le vent. Le temps qu'il ne consacrait pas à assassiner la forêt, il le tuait chez la Chaberte, coudes écartés au comptoir, ses muscles épais portant le défi permanent dans le soubresaut de leur chair. Il était là, buvant avec parcimonie un tout petit verre et palabrant le verbe haut, en dépit du peu de mots dont il disposait pour s'exprimer.

Ce fut à ce comptoir que Constantin alla le pêcher.

— J'ai besoin de toi! lui dit-il quand ils furent dehors où il l'avait attiré. Voilà : juste avant qu'il meure, j'ai acheté au Polycarpe sa truffière de la Font de Bourne.

— Ouh mais dites! C'est du beau bois ça! Vous avez fait une belle *pache*! La truffière ne vaut plus rien, mais les chênes!

— Justement! Je te le donne ce bois! Et en plus tiens! Je te donne encore de l'argent! À une condition : tu t'y mets séance tenante!

— Séance tenante? Mais il va faire nuit!

— Alors demain matin. Et tu commences par le plus gros. Celui qui fait au moins cinq mètres de circonférence.

— Celui que soi-disant il brûle? dit le Marceau.

Il riait grassement, à large bouche aux dents en créneaux tant il en manquait. Ses muscles indécents tressautaient, obscènes, à la cadence de ce rire.

— Oui, c'est ça, soi-disant! Et quand tu l'as abattu tu le réduis en bûches et tu l'entreposes chez moi bien rangé, contre le mur de l'écurie pour qu'il sèche bien et que, pendant ce temps, je sente bien son odeur d'arbre en train de sécher.

— Oui, mais dites! C'est gaspiller la marchandise ça! Parce que, rien qu'avec le tronc, le Pachiano, l'ébéniste, il vous en tire au moins une douzaine d'armoires à glace!

— J'ai dit en bûches! Je regarde pas au prix. Je te donne le bois et je te paye tous les suppléments que tu veux!

Le Marceau avait encore les billets en main que le vent essayait de lui arracher. Il regardait partir ce monsieur élégant en panama et pantalon à sous-pieds. Il avait une impression désagréable.

— On dirait, se dit-il à haute voix, qu'il t'a payé pour abattre un homme!

Ces billets lui brûlaient tellement les doigts que le soir même il alla les jouer au zanzi chez la Chaberte et qu'il les perdit. C'est là qu'il rencontra sa vieille connaissance, son patron d'occasion qui l'employait souvent dans ses coupes. Celui-ci, le vieux Savouillan d'Ongles, ne sortait jamais les mains des poches, ne jouait jamais un sou et il n'avait jamais plus d'un franc ou deux sur lui que d'ailleurs il n'eût pas risqué. Mais il aimait voir les frustes s'entre-tuer du regard autour de cette piste pour forbans qu'on enjolivait du nom plaisant de zanzi, afin de lui ôter son venin. Il les encourageait à y jouer leur chemise, trouvant sa jouissance, lorsqu'ils n'avaient plus rien, à les accompagner à la sortie du bouge où il n'avait même pas consommé pour leur faire de la morale et les admonester. Souvent ainsi, en leur prêtant un billet ou deux, il avait pu se ménager une main-d'œuvre docile et bon marché.

Il fut étonné d'y trouver le Marceau qu'il savait sérieux et peu enclin à perdre son argent au jeu.

— Qu'est-ce qu'il t'arrive ? lui dit-il.

Il venait de le rattraper à la sortie pour le confesser. Marceau lui apprit la pache qu'il avait conclue avec Constantin et put enfin exprimer ce qu'il pensait :

— Cet argent me brûlait les doigts ! Je suis content de l'avoir perdu. J'avais l'impression qu'on m'avait commandé un meurtre.

Quand il eut bien étalé l'affaire, le vieux Savouillan comprit qu'il avait été joué par celui qui était venu lui dire de renoncer à cette coupe. Il le confia à Marceau.

— Je me suis fait ficeler comme un jeune bouc ! C'est à moi que le Polycarpe voulait vendre ! Mais soi-disant qu'on est venu me dire que si je l'achetais, j'aurais de mauvaises raisons avec sa femme.

— Sa femme ? Pourquoi sa femme ?

— Parce que soi-disant — soi-disant ! — dans cette coupe, il y a un arbre qui brûle pour annoncer la mort du prochain et qu'à cet arbre, la mairesse, elle y tient comme à la prunelle de ses yeux ! Alors — j'y crois pas, moi, comme bien tu penses, à ces choses — mais de mauvaises raisons avec la mairesse, je veux pas en avoir ! C'est une épine ! Alors, elle l'a vendu au Constantin ? Ça m'étonne pas ! Ça fait longtemps qu'ils ont affaire ensemble.

Il réfléchit un peu avant d'ajouter :

— Mais... Cette Alix, ça fait plus longtemps encore que moi je la vois vivre. À ta place, je me méfierais ! La prunelle de ses yeux, ça doit pas être rien !

— Oïe ! Vous dites qu'ils sont cul et chemise tous les deux avec monsieur Constantin ?

— Voui ! Mais c'est entre cul et chemise que le feu prend le plus vite ! Rappelle-toi ça petit, avant d'aller porter la hache dans ce bien !

Marceau médita toute la nuit sur cette conversation mais c'était un homme de parole et, au matin, il se mit en marche. Il sonnait à chaque pas comme un bélier maître sonne de la cloche. C'étaient les coins d'acier dans le sac de jute qui s'entrechoquaient et les deux cognées sur ses épaules qui ferraillaient comme des sabres.

C'était l'heure où la terre et le ciel se séparent à regret parmi les ténèbres, où les formes fondent vers vous depuis le crépuscule, n'étant pas encore tout à fait ce qu'elles seront au grand jour. Plus que jamais, le chêne dissimulait parmi ses ramures le front d'un cerf gigantesque. (C'est tout au moins ce qu'il dit, le Marceau, tout au long de sa vieillesse.)

Il venait de mettre bas son sac de jute lesté de coins et de jeter dans l'herbe les deux cognées qui lui meurtrissaient l'épaule. Il allait, a-t-il dit, se cracher dans les mains comme il faisait toujours.

Alors, il lui sembla que le soleil venait de se lever derrière les frondaisons de l'arbre-cerf. « Tu rêves ! se dit-il. Il est sept heures du matin. Nous sommes en novembre. Le soleil est derrière le Moure de Chanier qui le cache jusqu'à au moins huit heures. Et d'ailleurs, se dit-il, c'est le nord que tu regardes, l'arbre, là, il est à ton nord. »

Il recula de quelques mètres pour se faire une idée plus claire de la situation. C'est alors qu'il s'aperçut que la lumière provenait de l'arbre.

— Oh pute de mort! proféra le Marceau.

Il fit le geste qu'ils avaient tous fait ceux qui avaient vu ce chêne ardent : la main devant la bouche pour s'empêcher de hurler. Tu comprends, fiston, le pouvoir de l'émerveillement ne pénètre pas ces cervelles épaisses, mais la peur leur en tient lieu. Il y a bien moins loin qu'on ne croit entre la peur et l'émerveillement.

« J'ai vu cet arbre, palabra longtemps le Marceau chez la Chaberte, qui faisait la roue comme un paon! C'était un éventail de couleurs écrasées en galette comme l'arc-en-ciel! Et j'étais seul! Et je pouvais tirer personne par la manche pour lui dire : "Regarde! Mais regarde donc!" Moi, je vous le cache pas à la fin, je me suis enfui comme un capon! »

Il recula. Il avait oublié ses outils. Il dit plus tard qu'il n'était plus jamais allé les chercher, qu'il les avait remplacés, qu'ils devaient y être encore et que, si par hasard quelqu'un les avait volés, il devait déjà être au diable avec eux. « J'ai plus acheté de coupe, dit-il, jusqu'à l'hiver suivant. Rien que de voir n'importe quel arbre, j'en avais les trois sueurs! »

Il prit de la distance jusqu'à ce que l'arbre fût tout entier dans son champ de vision et cela lui demanda plus de cinquante mètres de recul. « Il ruisselait de flammes comme une cascade qui coule! » raconta-t-il plus tard. Et personne ne lui demanda ce qu'il voulait dire par là. Ils le voyaient tous, l'arbre en train de ruisseler de flammes.

Dans le cerveau du Marceau Kléber mis à rude épreuve, deux idées cependant se chevauchaient et s'annihilaient tandis qu'il s'enfuyait. D'abord, il avait fait une promesse inconsidérée et, ensuite, l'argent qui avait scellé la pache, il ne l'avait plus pour le rendre. Quand la panique s'en mêle, le cerveau d'un imbécile peut fonctionner aussi logiquement que celui d'un homme de bon sens.

« Il m'a dit, songea Marceau. "Et surtout n'en parle à personne." Pourquoi ? Qui ne doit pas savoir une chose aussi simple : "J'ai fait la pache avec le Marceau Kléber pour une coupe qu'il doit m'abattre." Qui ça peut gêner ? Pourquoi n'en faut-il pas parler ? »

À force de calculer, il finit par retrouver dans sa mémoire ce que le vieux Savouillan lui avait dit la veille : « C'est entre cul et chemise que le feu prend le plus vite ! » Marceau se dit qu'il devait être le seul de tout Montfuron à ignorer que la mairesse avait affaire avec Constantin. Sans qu'il en eût bien conscience, cette révélation lui poignait le cœur parce que, secrètement, les surplus de chair de l'Alix le faisaient rêver lui aussi. Il pataugeait péniblement dans la réflexion, exercice dont il était peu coutumier.

« Et si c'était vrai, après tout, qu'elle tienne plus à son arbre qu'à son amant ? Et si j'allais lui avouer, supposons, que je n'ai pas eu le courage de l'abattre cet arbre ? Qui sait si elle me donnerait pas l'argent pour que je le rende à Constantin ? »

Il attendit le soir, pesant et supputant. « La prunelle de ses yeux », se disait-il. À la nuit close, toujours indécis et traînant les pieds cependant, il s'aventura du côté de la ferme Jeunhomme qui était celle des Truche. Son cœur battait comme s'il avait un rendez-vous d'amour.

Autour de la maison c'était le silence. Depuis que l'Alix avait vendu le troupeau, il n'y avait plus de chiens.

Pensant ainsi qu'il serait plus décent en l'ôtant dès qu'il la verrait, Marceau s'était coiffé d'un béret pour la circonstance, lui toujours hirsute d'ordinaire, épis au vent et tignasse embrouillée.

C'était l'heure où Alix apprêtait son en-cas pour aller passer la nuit chez Constantin. Depuis que le Polycarpe était mort ils ne se gênaient plus en rien.

Ce fut à peine, tant le coup était timide, si elle entendit heurter à la porte. Ils se virent l'un l'autre, elle interdite, lui éperdu, triturant son béret. Elle du côté de la lumière, lui du côté de l'ombre. C'est toujours impressionnant un quintal de chair vive qui en rencontre un autre. Un étonnement réciproque se lut d'abord dans les yeux de ces deux êtres. Ils se voyaient peu d'ordinaire et de loin.

— Je vous dérange! s'exclama Marceau sans dire bonsoir. Je me suis dit : « Qu'est-ce que tu fais, Marceau ? Tu y vas ou tu y vas pas ? »

Elle le fit entrer simplement et sans lui poser de question. S'il avait quelque chose à dire, il y arriverait bien tout seul à la fin. Il gesticulait au milieu de la pièce, encombrant et dangereux pour les objets fragiles. Ses mains énormes au bout de ses bras courts se battaient avec l'air.

— C'est vrai ça! Je me suis dit : « Qu'est-ce que tu fais ? Tu le lui dis ou tu le lui dis pas ? »

Il en eut pour dix minutes avant d'en arriver au

fait. Il la rendait témoin de ses hésitations, de ses atermoiements.

— Dix fois j'ai fait l'aller-retour de chez moi à votre porte. Dix fois je me suis dit : «Tant pis! Tu laisses pisser le mouton!» Vous comprenez : c'était un cas de conscience!

Il avait trouvé le mot en chemin à force de se dire : «Comment tu vas lui présenter la chose?» *Le cas de conscience* lui avait été soufflé peut-être par son ange gardien. Il dévoilait déjà la moitié du danger. Il alarmait à cause de sa solennité, il obligeait l'interlocuteur à faire l'inventaire de tout ce qui était préoccupant dans sa vie. Quand quelqu'un parle à votre endroit de *cas de conscience*, il faut examiner la vôtre en toute hâte.

Il lui raconta son aventure en omettant sa marche guerrière vers l'arbre avec ses outils tintinnabulants. Il lui raconta sa conversation avec Savouillan. Toutefois, il ne confessa jamais le nom de monsieur Constantin. Il dit «on». Le nom, ce fut elle qui le prononça.

Quand elle eut enfin compris de quoi il s'agissait, elle demeura immobile au milieu de la pièce, comme lui, avec un regard qui ne voyait rien et qui glaça l'âme de Marceau. «Heureusement, se dit-il, que je l'ai pas abattu l'arbre! Je serais propre, tiens, maintenant!»

Il termina très vite :

— Il m'a donné tant pour l'abattre. Seulement moi, moi, je me suis douté que ça vous ferait pas plaisir et je suis vite venu vous le dire. Seulement alors, l'argent, il faut que je lui rende, seulement je l'ai plus.

En une démarche d'automate, l'Alix se dirigea vers le buffet Henri II et ouvrit un tiroir d'un coup sec.

— Combien ? demanda-t-elle.

— Vingt francs ! dit Marceau.

Elle lui tendit deux billets à bout de bras.

— Mais, dit Marceau précipitamment, vous savez y a pas que l'argent ! Même sans ça je serais venu parce que je vous respecte. Vous savez, je suis pas un beau parleur, mais enfin, puisque nous y sommes, tant vaut-il que je vous le dise... Enfin... Oh, vous devez bien le savoir : une veuve, ça fait toujours de l'effet !

— Je suis grosse..., dit l'Alix.

Elle avait l'air absent.

— Oh mais justement ! s'exclama Marceau. C'est ça, précisément, en parlant d'effet, c'est ça que je voulais vous dire !

Il s'enfuyait en courant. Il avait déjà enfilé la porte du salon.

— Marceau ! appela l'Alix. Attendez !

Il s'immobilisa au garde-à-vous, prêt à subir la semonce.

— Je vais vous confier un secret, murmura l'Alix, l'argent, avant de le lui rendre, attendez demain !

Elle écouta immobile le bruit lourd des brodequins qui s'estompait dans la nuit. Je t'ai déjà dit, fiston, que cette Alix n'était pas comme tant d'autres êtres. Elle savait dire oui ou non et ça, elle était capable de se le dire à elle-même. Elle ne poussa pas un cri, ne se tordit pas les mains ni ne proféra aucune insulte ni aucune menace. Le seul signe d'émotion auquel elle donna libre cours, ce fut d'aller à la fontaine, contre le hangar aux charrues, pour se passer posément un peu d'eau fraîche sur le visage.

Elle erra longtemps avec calme par toute la maison. Jamais celle-ci n'avait été aussi sienne, aussi solidaire, depuis qu'elle y vivait seule. Elle ouvrit la porte du clafouchon, à côté de la grande chambre où il y avait tout ce qu'il fallait pour se tenir propre et aussi des pots en bois de santal avec leur couvercle vissé et qui avaient la forme d'un bol à déjeuner pour qu'on puisse y puiser facilement. Ne cherche pas à savoir, fiston, ce qu'elles étaient ces boîtes, ça n'existe plus. C'était aussi humble que les femmes qui les utilisaient. Ça contenait des choses qui sentaient bon.

Machinalement, Alix se mira dans la psyché. Elle avait son air de tous les jours. Elle se dénuda avec décision. Elle attira vers elle l'un des pots plein de talc. Elle s'enduisit soigneusement avec cette poudre de la tête aux pieds, se contorsionnant pour atteindre toute la surface de son dos, en insistant sur les fesses et sur les reins qu'elle avait, en dépit de son embonpoint, délicieusement cambrés. Elle était blanche comme un pierrot lunaire et elle se mirait ainsi sérieusement, sans un sourire, pour vérifier qu'elle n'avait oublié aucune portion de son corps. La peau voluptueuse glissait sous ses doigts talqués comme la chair insaisissable d'un poisson.

Elle s'habilla avec précaution, d'une manière qui ne lui était pas habituelle, commençant par une combinaison en soie qu'elle ne portait jamais que pour les cérémonies, la trouvant trop riche pour elle, mais elle avait cru remarquer que la soie n'absorbe pas le talc et ne le dénature pas.

Quand ce fut l'heure, elle s'achemina vers la maison de monsieur Constantin. Là-bas, avenante, la lumière du salon de velours rouge lui faisait le même signe amical que d'habitude, pourtant elle ne le voyait plus. D'ordinaire, c'était en une hâte désordonnée qu'elle parcourait le kilomètre qui séparait les deux maisons. C'était hors d'haleine qu'elle enfonçait presque la porte plutôt qu'elle ne l'ouvrait. Cette fois-là, elle fit le chemin à pas comptés, lourdement, attentive à ne pas avoir chaud, à ne pas secouer la poudre dont elle était ointe. Les dix derniers mètres seulement elle les couvrit en courant pour la vraisemblance et surtout parce qu'elle aurait eu envie de s'enfuir si elle n'avait pas pensé à l'arbre comme à un enfant qu'elle aurait eu.

Ils se trouvèrent nus l'un contre l'autre en même temps.

— J'aime, dit-il, que tu sois fuyante comme une carpe !

Il crut à un raffinement et c'en était un en effet. Le talc, pour agacer le mâle, la rendait aussi insaisissable qu'une anguille. Elle lui filait entre les doigts comme par jeu.

« Tudieu ! se dit-il. Vivent les grosses, quand elles sont si inventives ! »

L'alcôve était envahie par la pénombre sous la lointaine lueur d'une lampe à pétrole dressée au salon.

Depuis que ses sens étaient repus, l'Alix avait réussi à prendre encore cinq kilos et monsieur Constantin avait de plus en plus de mal, en dépit qu'elle s'y prêtât complaisamment, à la manipuler au gré de leur caprice commun. Il était attaché au flanc de ce léviathan comme un poisson pilote.

Si tu l'avais vue, l'Alix, à cette époque, fiston, c'était une majesté ! Je te la fais courte, à cause de ta grand-mère et eu égard à ta mère.

L'Alix pensa presque tout de suite à cette gourmandise particulière qu'elle quémandait de lui à chaque fois et qu'il lui prodiguait avec tant de bonté. Elle avait l'habitude d'aimer le surplomber à cette occasion. À cheval sur le corps svelte de son amant, elle rampa lentement de toute sa chair talquée qui caressait la poitrine du mâle, pour amener son ventre jusqu'aux lèvres ombragées de moustaches de cet être déjà rassasié.

Peut-être, avant qu'il disparût à ses yeux, dut-elle le regarder vivre encore une fois, tout engourdi de joie érotique. Peut-être regretta-t-elle le bonheur imminent dont elle allait être frustrée. Qui peut savoir ce qui se passe dans la tête d'une femme passionnée ?

Ce qui est certain, c'était que les yeux fermés elle gardait par-devers elle la vision de son arbre magnifique, seule richesse de sa pauvre existence et que rien ne pouvait lui faire oublier qu'elle tenait à sa merci celui qui voulait assassiner l'oracle.

On ne sait pas comment les choses se sont passées. On ne sait que ce qu'elle a dit : elle s'est évanouie de plaisir et quand elle est revenue à elle, elle s'est aperçue qu'elle était couchée sur la figure de monsieur Constantin et qu'il était mort.

En réalité, elle a dû simuler l'évanouissement et s'écrouler de tout son poids sur son amant, ayant pris un peu d'élan en s'arc-boutant sur ses bras et ses jambes, avant de se laisser choir sans retenue. Un quintal, fiston, que ce soit chair de blé ou chair de femme, c'est toujours un quintal. Peu d'hommes peuvent le soulever surtout lorsqu'ils sont en position horizontale et, par surcroît, sur la mollesse d'un

129

matelas. Ajoute a cela qu'il avait affaire à une masse talquée où toutes les prises se dérobaient. Oh je ne dis pas qu'à un moment quelconque il ne lui fallut pas, à l'Alix, refermer ses cuisses monumentales comme les branches d'un étau, mais je crois qu'à ce moment-là déjà, monsieur Constantin devait être complètement *espouti*. *Écrabouillé*, si tu veux, qui se prétend plus séant, n'en dit pas la moitié!

Bref, il ne restait plus à l'Alix qu'à attendre le temps convenable avant de se soulever avec précaution pour constater le décès.

C'est après que les choses pénibles commencèrent. Il lui fallut courir jusque chez la Chaberte pour lui raconter ça en deux mots et réclamer du secours. Sa plus mortelle ennemie! Et cet aveu! Mais il fallait bien simuler la panique et quelle plus belle preuve de désarroi chez une femme que d'aller ainsi se jeter à la merci de sa rivale?

Sa traite, depuis la maison Constantin jusqu'au bouchon de la Chaberte, ne fut qu'un seul long cri d'horreur. Dépoitraillée, à moitié nue, le chignon défait — l'affolement n'a pas de pudeur —, il lui fallut ainsi, elle la mairesse, apparaître aux vieillards du tour du poêle qui n'en croyaient pas leurs yeux.

Le Marceau était là, lui aussi, qui ruminait, ayant l'arbre ardent fiché sur le front entre les deux yeux. Il pensait aux milliers de chênes de la race de celui-ci qu'il avait patiemment jetés bas, coup de hache après coup de hache, au hasard des grands bois. Il en avait pour sa vie durant à méditer là-dessus et sur son large visage au nez épaté, des rides s'esquissaient qui lui feraient un jour un front de penseur.

Il triturait au fond de sa poche les deux billets que

l'Alix lui avait donnés. Cet argent ne lui disait rien de mieux qui vaille que celui remis la veille par monsieur Constantin.

Il portait à ses lèvres le petit verre d'eau-de-vie consolatrice pour le siroter quand il entendit au-dehors le hurlement croissant de l'Alix lancée à fond de train. Elle enfonça littéralement la porte vitrée à sonnette. L'ouragan de son corps énorme s'abattit sur un banc sans cesser de hurler. Sa bouche était distendue sur ce cri inarticulé, sa main brandie vers l'extérieur indiquait la maison de monsieur Constantin où elle voulait qu'on courût.

— Mon Dieu ! Il est peut-être encore vivant !

Les vieillards faisaient cercle, flairant en connaisseurs cette femme qui leur montrait à peu près tout ce qu'elle avait. Dès qu'elle avait vu cette brouettée de chair ferme s'affaler sur sa moleskine, la Chaberte dégoûtée avait bondi jusqu'à l'écurie. Elle en rapportait une couverture de cheval qu'elle jetait sur l'Alix.

— Couvrez-vous au moins, commandait-elle. Que vous faites pleurer le petit Jésus !

Le Marceau s'était jeté en avant pour porter secours. Il se privait de son petit verre pour le verser tout entier entre les lèvres de l'Alix. Elle lui serra le poignet avec force et le regarda, paupières mi-closes. Il vit que, en dépit du désarroi de son corps convulsé de tremblements, son œil était lucide.

Elle était infiniment émouvante ainsi, avec son chignon dénoué, sa chair sommairement voilée et l'odeur qu'elle portait sur elle où s'amalgamaient celles de l'amour et de la mort. La Chaberte d'ailleurs avait ouvert grande la fenêtre tant pour chasser cette odeur que dans l'espoir que l'Alix choperait une fluxion de poitrine. Celle-ci se tordait les mains de désespoir.

— Il faut aller voir! Il faut appeler le médecin! Mon Dieu quel malheur! Il fallait que cette chose m'arrive à moi! Comme si j'en avais déjà pas assez!

— Vous êtes bien punie par où vous avez péché! maugréa la Chaberte.

— Péché? dit l'Alix.

Elle glissa son regard mourant vers les maigreurs de la Chaberte.

— Péché! soupira-t-elle. Il faut pouvoir.

Les vieillards étaient déjà partis brandissant leurs cannes vers la maison où s'était produite cette rare curiosité : un homme qui était mort d'amour.

Le Marceau s'était tout de suite proposé pour descendre à Manosque chercher le médecin. Il alla en toute hâte seller son cheval. C'était un aubin aussi pataud que lui et dont l'allure ridicule avait fait fuir tous les chalands. Mais quand, à force de menaces, Marceau réussissait à le mettre au galop, il filait comme une tornade.

C'est comme ça fiston que, alerté par le Dr Parini, je me suis trouvé sur les lieux du drame. À cette époque, les gendarmes étaient à cheval. J'en avais un, superbe, il s'appelait Chamfrau, fais-moi penser de t'en reparler.

Il s'était écoulé plus de trois heures depuis la tragédie l'Alix hagarde était toujours écroulée chez la Chaberte, claquant des dents devant la fenêtre ouverte. Elle m'expliqua en deux mots sa version de l'affaire. Entre-temps le Dr Parini était arrivé et quand je le rejoignis, chez le défunt, il était en train de lui examiner les ongles

Je regardai ce qu'était devenu cet homme que j'avais connu plein de prestance. Il avait la bouche béante. On voyait ressortir ses dents sur ses lèvres retroussées comme si elles s'étaient refermées sur quelque proie. Il avait les joues déprimées comme ces truites qu'on vient de sortir de l'eau. Elle lui avait fait expulser tout l'air de ses poumons sans jamais lui permettre d'en remplacer une seule bouffée. Il était mort de ça : d'un manque d'air. Naturellement mort !

— Oui, dit le Dr Parini. Ajoutez à cela qu'il a des poils entre les dents. Il a dû la mordre cruellement et au bon endroit ! Maintenant : l'a-t-il mordue parce qu'elle l'étouffait ou l'a-t-elle étouffé parce qu'il la mordait ? Autre chose : il a du sang sous les ongles. Il a dû lui faire de ces estafilades sur les fesses !

Mais va donc vérifier l'état du quant-à-soi chez une notable veuve par surcroît et encore en grand deuil ! Surtout quand on n'est qu'un petit gendarme de sous-préfecture. Le marquis de Dion, le nouveau maire, étendit la main sur elle.

— Je me porte garant ! me dit-il. D'autre part, je vous ferai remarquer, brigadier Laviolette, que les rondeurs d'une femme épousant étroitement et par amour les contours de la face d'un homme, ça ne laisse aucune tuméfaction. Ça ne peut pas plus, me souligna-t-il lentement, être tenu pour l'arme d'un crime qu'un arbre qui rend l'oracle de la mort. Je vous dis ça pour vous faire comprendre que si nous savons la vérité nous ne pouvons pas l'utiliser !

L'homme qui la savait réellement, la vérité, c'était celui à qui, la veille du drame, l'Alix avait dit :

— Marceau, je vais vous confier un secret : cet argent, attendez demain pour le lui rendre.

Ce Marceau Kléber, il m'a rapporté très exactement ces paroles quinze ans plus tard, un soir de Sainte-Barbe où nous sortions tous les deux du banquet des pompiers. Il m'a montré les deux billets que l'Alix lui avait donnés et qu'il n'avait jamais dépensés. Il lui portait une dévotion posthume empreinte d'une nostalgie érotique qu'il me confessa.

Elle aimait, paraît-il, telle caresse qu'il ne lui accordait jamais sans une mortelle appréhension et sans avoir fait son examen de conscience sur les griefs qu'elle aurait pu nourrir à son encontre. Il se souvenait trop de la façon dont monsieur Constantin avait perdu le souffle.

Il n'eut pas d'ailleurs à l'appréhender longtemps car monsieur Tasse ne pardonna jamais à l'Alix d'avoir tari sa rente viagère en supprimant son débiteur.

Ce vieillard rendit solennelles les obsèques de Constantin en dirigeant pour la dernière fois l'équipe de ses sonneurs. Il lui drapa sur les hauteurs du moulin une grandiose élégie qui était à la hauteur de sa désolation et qui fit rentrer en eux-mêmes tous les Montfuronais en âge de méditer sur la mort. Au premier rang, les jambes un peu arquées par les morsures de son amant, mais en grand deuil encore une fois, l'Alix dut méditer plus que quiconque sur cette musique à faire tomber les murailles et si elle l'entendit bien ce fut sa propre oraison funèbre qu'elle put goûter car elle ne vécut pas longtemps depuis.

Elle avait très vite récompensé le Marceau Kléber pour ses avis et ses soins. Elle avait même voulu, dans son enthousiasme, l'entraîner jusqu'à l'arbre, pour que celui-ci fût témoin de leur bonheur.

— Pas pour un empire ! dit le Marceau.

Bien que le pont romain fût rafistolé, il ne prenait jamais plus ce raccourci pour aller à Manosque.

Ils eurent donc leurs rendez-vous bourgeoisement chez lui, dans un antre qu'il avait construit de ses mains, au pied d'un promontoire élevé qu'il fallait contourner pour l'atteindre par un interminable lacet du chemin. Aussi, le Marceau avait-il coupé ce lacet par un sentier abrupt qui lui faisait gagner cinq minutes lorsqu'il revenait de chez la Chaberte.

La passion fit aussi que l'Alix dans son impatience amoureuse prit l'habitude d'utiliser ce glissoir qui abrégeait son attente. Elle se jetait à corps perdu dans ce layon à bûcheron, juste bon pour y lancer des troncs d'arbre, parmi les hautes fougères alignées au pied de poiriers sauvages bardés de longues épines.

L'Alix avait besoin ensuite des cinquante mètres de plat qui précédaient la masure du Kléber pour retrouver son assiette. Il la guettait d'ailleurs, non moins impatient qu'elle, mais il frémissait quand il voyait sa masse impétueuse jaillir du fourré comme un sanglier qui charge.

Un jour, une nuit, quelqu'un attacha d'un poirier à l'autre un câble de frein à bicyclette au centre duquel on avait artistement ménagé un collet grand comme la tête d'un homme ou celle d'une femme. Ce traquenard était complété par une ficelle tendue au ras du sol, en pleine pente, pour faire trébucher. On retrouva l'Alix prise dans ce piège à blaireaux, violacée, la langue pendante, encore chaude car le Marceau ne la voyant pas paraître l'avait aussitôt recherchée. Toutefois, elle était roide morte.

L'ensemble de ce dispositif était si ingénieux et avait dû être si longuement pourpensé qu'il supposait chez son auteur des loisirs et de la rancune. Depuis la mort de Polycarpe et celle de Constantin, je ne connaissais plus à Montfuron qu'un seul esprit tortueux. Je m'assurai auprès de Ginoyer, le marchand de cycles de Manosque, qu'il avait récemment vendu deux câbles pour freins de bicyclette à un vieillard menu.

Je crois avoir mené cette enquête avec un certain nonchaloir. L'homme que j'aurais dû conduire aux assises avait alors quatre-vingt-neuf ans. Et puis j'aimais l'entendre sonner du cor.

C'était d'ailleurs un homme de plus en plus minuscule et qui disparaissait plutôt qu'il ne mourait. Il ne cultivait même plus ce clos semblable aux jardins d'Horace que monsieur Constantin avait tant convoité. Autour de ses cloches à melon ternes et vides qu'exploraient de nonchalants escargots, l'herbe poussait dru, des murettes s'éboulaient çà et là. Le ruisseau était envahi par les langues vertes des mousses et le cresson des fontaines. Une pitié !

Il avait dû, faute de subsides, dissoudre son septuor et renvoyer les vieillards à leur ennui. Il ne lui restait plus que son habit et son unique cor. Néanmoins, à pas de plus en plus lents et le cor de plus en plus énorme autour de ses frêles épaules, il sonna jusqu'aux limites du possible. Un dimanche enfin, sauf les cloches, ce fut le silence. Le marquis de Dion accourut inquiet.

— Eh bien ? demanda-t-il.

— Ah ! Je n'ai plus de dents ! répondit piteusement le père Tasse.

— Tant mieux ! ricana le marquis. Je vais enfin pouvoir goûter du repos !

Mais ce repos, en était-ce un ? Maintenant qu'il n'était plus sur le qui-vive par l'aiguillon du remords que le père Tasse lui infligeait au son du cor, le marquis venait de plus en plus souvent rôder autour de l'antre de son vieux rival.

— Tu viens ? lui disait-il.

Ils allaient jusqu'à l'esplanade d'où ils dominaient tout Montfuron, toute la plaine de Manosque, tous les plateaux de Reillanne et la montagne de Lure. L'un était à pied, l'autre sur son cheval car le marquis depuis longtemps avait renoncé aux machines à pétrole de son frère qu'il considérait comme de sinistres plaisanteries.

Ils connaissaient tous deux le même vertige face à l'abîme du temps. L'antre de la Chaberte était fermé par deux planches qu'on avait clouées en croix comme autrefois sur les maisons des pestiférés. Les rouleaux des aires depuis longtemps immobiles s'enlisaient parmi le dactyle opulent. Là-bas, au moulin foudroyé un certain été, les antennes avaient été déposées par crainte d'un accident. Mais surtout, le peu d'êtres qu'ils rencontraient et qui les saluaient, ils ne savaient ni leur nom ni leur visage.

Les hommes qu'ils avaient caressés dans leurs berceaux étaient déjà sous la terre, parfois depuis longtemps, ayant cependant, avec la même impatiente hâte, accompli la totalité de leur vie. Et eux, ils étaient toujours là. Ils constataient ce prodige hallucinés, sans joie et même avec une sorte de terreur.

Ils étaient maintenant devenus si vieux que ce qui leur était arrivé était étalé devant eux comme les pages d'un livre : aussi mince et aussi plat. Ils regardaient de loin les péripéties de leur existence avec un certain intérêt, quoique incrédules, comme si des êtres qui leur étaient étrangers les avaient autrefois vécues.

Parfois, tandis qu'ils jetaient un regard souverain sur l'horizon de Lure, le marquis disait au père Tasse :

— Dis-moi, Bienaimé, comment était-elle cette Athénaïs dont nous fîmes tant de cas ?

Le père Tasse hochait la tête. L'ineffable couleur d'automne qui sous ses yeux faisait la roue sur les fonds de Lure lui était aujourd'hui bien plus indispensable que ne l'avait été autrefois cette femme qui avait fait sa douleur et sa vie.

— C'était une femme ravissante ! répondait-il. Tu ne la méritais pas !

Ce père Tasse mourut à cent quatre ans, le marquis à cent cinq. Le marquis ordonna que son sonneur fût aligné entre les cercueils de ses deux petits-fils morts pour la France et celui d'Athénaïs, dans le caveau des de Dion-Mortemart. C'était un homme auquel la longueur de sa vie avait donné les idées larges. Personne ne pouvait plus lui dire car personne n'était plus là pour l'avoir su : « Mais voyons, Mortemart ! Vous êtes fou ! Vous faites se rejoindre dans la tombe votre épouse et son amant ! »

Car ce fut à partir de la mort de Tasse que le marquis demeura les mains vides. Pendant un an encore, faute d'ennemi à haïr, le marquis mourut à petit feu, d'inanition sentimentale.

Quand on vit assez longtemps pour bien s'incruster dans la tête la vraie dimension du monde, la mort de votre pire ennemi vous laisse aussi démuni que si vous l'aviez tendrement aimé. Vous vous apercevez qu'il tenait dans vos divertissements un rôle aussi essentiel que le firent vos amours défuntes.

Voici pourquoi le marquis voulut que son sonneur partageât le néant avec toute sa famille.

Quand on fit l'inventaire du bastidon chez le père Tasse, on trouva une vieille lettre. Elle était enfouie dans un tiroir du buffet, sous des objets sans valeur rejetés au courant de la vie : bouchons, ficelles, couteaux à champignons, cartes postales d'amis depuis longtemps en poussière, toupies d'autrefois, sans couleur et sans grâce. Elle avait la teinte des choses mortes. Tu sais, fiston : la feuille d'un arbre qu'on a serrée dans un livre ou bien un papillon qu'on a épinglé. Elle disait, cette lettre :

« Mon cher cœur, vous souvient-il du jour où nous nous sommes arrêtés sous cet arbre pour y attendre la chasse d'Elzéard ? Je vous ai demandé de me jouer le bien-aller pour moi toute seule car vous étiez le plus merveilleux sonneur que j'aie jamais connu. Et je savais que vous m'aimiez et je savais que chaque sonnerie, c'était une déclaration d'amour à mon intention. Et alors, ce jour-là, tandis que je vous écoutais immobile sur mon cheval, j'ai vu soudain autour de moi l'arbre s'illuminer de flammes et j'ai eu toutes les peines du monde à refréner ma monture qui voulait s'enfuir hors de cette infernale clarté.

« Je connaissais la légende du chêne et j'ai tout de suite compris que vous alliez mourir bientôt. Alors, j'ai été saisie d'une intense pitié (vous souvient-il que vous aviez vingt ans ?) et je me suis juré, puisque ce serait votre seul plaisir sur cette terre, de vous appartenir et j'ai tenu parole. Voici, mon cher cœur, ce que je voulais vous révéler avant de mourir. Pouvais-je me douter que j'allais vous aimer ?

« Adieu, mon cher cœur, j'aurai fait la nique au

destin jusqu'au bout puisque Dieu m'a permis de m'interposer entre vous et le fusil d'Elzéard pour prendre le coup à votre place. Et je le remercie de m'avoir permis de survivre assez pour que je puisse écrire cette lettre que mon confesseur vous fera tenir. Adieu Bienaimé ! Le ciel est grand ! Peut-être, malgré tout, consentira-t-il à nous contenir ensemble. »

Mon grand-père se tut. Il parlait depuis plus de deux heures. Pendant ce temps, par chemins et par collines, nous étions descendus de Barème et nous venions de traverser les aires de Montfuron, maintenant peuplées pour moi par tant de fantômes.

— Et maintenant, fiston, tu vas voir l'objet de tant de douleurs ! Car *lui* il est toujours debout ! À peine un peu plus chenu. Il est comme un vieillard qui perd ses cheveux. De-çà de-là, certaines de ses branches sont vermoulues mais nul ne peut dire s'il vieillit vraiment.

Le chemin devant nous était devenu commode. Nous nous hâtions car le soir venait et nous allions coucher chez le descendant du marquis de Dion, auquel mon grand-père, autrefois, avait rendu quelque service. Nos pas ne faisaient aucun bruit sur la mousse qui avait tapissé les ornières où personne ne passait plus.

— Le voilà ! dit mon grand-père.

Il effaçait sa haute taille devant moi. D'un geste théâtral, il me désignait sur le ciel la houle verte des feuillages où le vent dessinait des arabesques.

C'était un arbre comme je n'en avais jamais vu. Il offrait l'aspect têtu d'un vieil animal depuis longtemps averti des hommes et qui fait front contre eux pour l'éternité. J'ignorais jusqu'alors ce qu'il fallait mettre sous le mot *gigantesque*, maintenant je le savais.

Mon grand-père ne s'était pas arrêté. Nous étions en retard, la nuit tombait, il n'était pas très sûr du chemin. Moi, je suivais, à trois pas dans son ombre, les yeux fixés sur le chêne, en prenant plein la vue.

Alors, je vis courir, fugitive de feuille en feuille par toute la masse des frondaisons, une charmante lueur rose tendre qui éteignait le reste de jour qu'il faisait. Les mousses qui tapissaient le sol vivaient toutes lumineuses sous ce reflet. C'était, à mes yeux de dix ans, un mystère somme toute pas plus insondable que ceux qui m'étaient journellement proposés par la réalité parmi les êtres et la nature et que je subissais, parfois émerveillé, parfois terrifié.

Seulement, tout prodige produit un effet de surprise et il ne fallait pas que je sois surpris car, si tout ce que mon grand-père avait raconté était vrai, cet arbre annonçait la mort de celui qui ne le voyait pas flamber. Or, mon grand-père marchait sans souci, en sifflotant un air de cor de chasse. Donc il ne voyait rien. Mais moi je voyais, mais moi j'avais envie de crier devant cet arbre immense qui rutilait comme un sapin de Noël, ayant fait sous le reste des bois l'obscurité de la nuit, par contraste, à telle enseigne que dans les taillis le peuple des oiseaux s'était tu.

« Changé en statue de sel », avait raconté mon grand-père. C'était contre cette immobilité surnaturelle que je luttais de toutes mes forces. Je m'enfonçais les ongles dans les paumes et, un pas deux pas, j'arrachais mon corps à la terre, qui devait peser une tonne. J'avalais ma salive. J'étais tout tremblant. J'étais collé contre le vieil homme, attentif à ne pas me laisser sidérer sur place, me protégeant dans son ombre contre les larmes d'or qui ruisselaient de l'arbre. Je réussis même, enfin, à prononcer quelques mots qui n'y paraissaient pas.

Mon grand-père tenait à me montrer le lieu où étaient réunis quelques acteurs du drame qu'il venait de me raconter. Sous les cèdres du parc que nous traversions avant le château, la nuit était presque close. Je vis une dalle plate, sans noms, cernée de chardons et parsemée d'aiguilles de cèdres.

— Le voici, me dit-il, ce tombeau des Mortemart. Imagine-les tous, couchés en famille sous la terre, avec ce sonneur morganatique parmi eux. Le destin met dans la tête des êtres de bien curieuses idées.

Mon grand-père, dit Laviolette, mourut quarante-cinq jours après notre passage sous l'arbre. Il y mit du sien. Il avait la grippe. Il pleuvait. Il avait auparavant détoituré son bastidon pour y changer une solive. Ma grand-mère eut beau se mettre à genoux, il alla remettre la toiture en place et se recoucha satisfait pour mourir au bout de trois jours.

J'avais dix ans. Je suis venu obsédé rôder autour de ce chêne (allez-y, il existe encore) peut-être pendant quarante ans. Jamais plus, ni seul ni accompagné, je ne l'ai vu flamboyer. Sans doute fallait-il avoir dix ans.

En revanche, quand je prête l'oreille sur ces hauteurs, il me semble percevoir le cor du père Tasse qui sonne le bien-aller, quelque part, au-dessus de Lure.

Heureux les simples car Dieu les entendra.

Le Diben
Septembre, octobre 1991

DÉCOUVREZ LES FOLIO À 2 €

ARAGON	*Le collaborateur* et autres nouvelles
TONINO BENACQUISTA	*La boîte noire* et autres nouvelles
KAREN BLIXEN	*L'éternelle histoire*
TRUMAN CAPOTE	*Cercueils sur mesure*
COLLECTIF	*« Ma chère Maman… ». De Baudelaire à Saint-Exupéry, des lettres d'écrivain*
JULIO CORTÁZAR	*L'homme à l'affût. À la mémoire de Charlie Parker*
DIDIER DAENINCKX	*Leurre de vérité* et autres nouvelles
ROALD DAHL	*L'invité*
F. S. FITZGERALD	*La Sorcière rousse*, précédé de *La coupe de cristal taillé*
JEAN GIONO	*Arcadie… Arcadie…*, précédé de *La pierre*
HENRY JAMES	*Daisy Miller*
FRANZ KAFKA	*Lettre au père*
JACK KEROUAC	*Le vagabond américain en voie de disparition*, précédé de *Grand voyage en Europe*
JOSEPH KESSEL	*Makhno et sa juive*
LAO SHE	*Histoire de ma vie*
LAO-TSEU	*Tao-tö king*
PIERRE MAGNAN	*L'Arbre*
IAN McEWAN	*Psychopolis* et autres nouvelles
YUKIO MISHIMA	*Dojoji* et autres nouvelles
RUTH RENDELL	*L'Arbousier*
PHILIP ROTH	*L'habit ne fait pas le moine*, précédé de *Défenseur de la foi*

D. A. F. DE SADE — *Ernestine. Nouvelle suédoise*
LEONARDO SCIASCIA — *Mort de l'Inquisiteur*
MICHEL TOURNIER — *Lieux dits*
PAUL VERLAINE — *Chansons pour elle* et autres poèmes érotiques

Composition Bussière
et impression Bussière Camedan Imprimeries
à Saint-Amand (Cher), le 12 avril 2002.
Dépôt légal : avril 2002.
Numéro d'imprimeur : 21074-020912/1.
ISBN 2-07-042318-2./Imprimé en France.